petit monde

De la même autrice, bibliographie choisie

Théâtre

Sous le sixième soleil, édition numérique La Marelle, 2017
Stranger, Éditions Drei Masken Verlag, Munich, 2017
Klara Morgenrot, Éditions Drei Masken Verlag, Munich, 2015
Das blaue Gold/L'Or bleu, édition bilingue, coll. Nouvelles Scènes, PUM Presses universitaires du Mirail, Toulouse, 2013
Das blaue Gold, Éditions Drei Masken Verlag, Munich, 2011

Autres textes

Planète – Prison, un aller-retour, texte en prose, *in* : *La première chose que je peux vous dire...* n° 91, Éditions La Marelle, Marseille, 2022
La crise pourpre, texte en prose, *in* : *La première chose que je peux vous dire...* n° 4, Éditions La Marelle, Marseille, 2015

Le texte bénéficie de la bourse de création du CNL – Centre national du livre.

Illustration de couverture : © Corina Bouweriks

www.lerouergue.com

Georgia Doll

petit monde

la brune au rouergue

Cette fiction s'inspire librement d'une expérience du réel,
elle-même fondée sur une illusion collective.

À ma famille.

Qu'il s'avance, celui qui connaît un monde meilleur.

Ingeborg Bachmann, *Je ne connais pas de monde meilleur.*
Poèmes inédits

Dehors

Loly donne le signal de départ : à nos marques, prêts, partons !

Bal et elle se sont éclipsés de la salle au milieu de la répétition générale de leur spectacle. Sous les arcades, ils ont écouté le chant d'un oiseau, clair et plein de désir. Ils courent jusqu'en haut de la grande colline. Ensuite, ils traversent la forêt, escaladent la grille du château d'eau et entrent par la fenêtre. C'est le seul endroit d'où l'on voit toute la propriété ; elle s'étend à l'intérieur des murs, des vergers à la menuiserie d'une part, des prairies aux étables de l'autre. Au centre se trouve le hameau, constitué du manoir et des autres bâtiments, construits en cercle autour d'une grande cour. Au-delà du mur, le pays s'étale en champs interminables, séparés par les routes de campagne et de petits regroupements d'arbres. Loly montre l'horizon : c'est là qu'elle veut aller ! Dans de grandes caisses, ils découvrent de l'ail emmagasiné et ils se fourrent des têtes d'ail dans les poches. En descendant l'allée de peupliers blancs, ils les épluchent et l'ail, encore jeune, leur brûle la langue et leur donne du courage. Ils jouent aux dragons, incendiant les arbres fruitiers d'un souffle de feu. Au bord de l'étang, ils aperçoivent Wally, il est en train d'enrouler quelque chose. À nouveau, ils tournent les talons et courent en prenant la piste battue à travers les églantiers. Arrivés au pied du mur, ils le longent à la recherche d'un arbre assez proche pour l'escalader, mais ils n'en trouvent pas. Découragés, ils arrivent à la sortie secondaire de l'enceinte. Comme par miracle, le portail est ouvert. Ils se retournent une dernière fois, mais personne n'est venu les chercher.

Dehors, il y a les champs, l'étendue qui ne les connaît pas. En courant, ils entrent dans une éteule où de grands rouleaux de paille sont dispersés. L'horizon semble loin, hors de portée ; ils le pourchassent jusqu'à être à bout de souffle. Utilisant leurs dernières forces, ils se font la courte échelle pour monter sur un rouleau. Loly enlève sa salopette courte. Son corps est parsemé de taches de peinture qui collent désagréablement sur sa peau. Bal est torse nu et porte un pagne en feuilles de bananier, le bandeau plumé est tombé de sa tête pendant sa course.

Ils s'allongent sur la balle de paille. L'effort et la chaleur font couler des larmes de leurs yeux, leurs cœurs cognent contre leurs poitrines comme pour en sortir. Doucement, leurs souffles se calment. Sur les poteaux électriques, de petits oiseaux renversés somnolent. Un rapace tourne très haut au-dessus d'eux, à la recherche d'une proie. Plus bas, le ciel est traversé de cumulus. Mais aujourd'hui, ils ne cherchent pas à y trouver des visages pour les peindre. Leurs yeux visent l'espace vide au-delà des nuages ; c'est là qu'ils voudraient être. La tête à l'envers, ils guettent l'infini.

La journée est avancée et chaude. Le bourdonnement des insectes les enveloppe. La main de Bal s'est glissée dans la sienne, elle est chaude et sèche comme l'été. Leurs paumes échangent des informations subtiles. Elles parlent de choses incompréhensibles. Leurs yeux se sont fermés sans le vouloir et leurs corps deviennent de plus en plus lourds. Ils continuent à tomber dans le blé, dans l'univers. Le bourdonnement des insectes est une musique ancienne, leurs bras et leurs jambes s'affinent, deviennent transparents et filiformes, ils se multiplient, leurs dos s'arrondissent à la courbe inverse du blé. Ils sont devenus des escarbots comme dans l'histoire du soir qu'on leur a racontée, pas gros comme Gregor Samsa, mais minuscules, au fond de la galaxie.

« Hé ! »

Loly sursaute. Un homme se tient en bas du rouleau de paille et les regarde avec fureur. Il a l'air étrange, dans sa tenue bleue et avec son bonnet rond sur la tête. Le paysan agite les bras. Ses mains sont comme des pelles. Encore à demi endormie, elle se demande si l'homme existe ou si c'est une réminiscence de son rêve.

« Descendez de là, tout de suite ! Et que ça saute ! » Il parle dans le dialecte du coin. Loly et Bal se relèvent rapidement.

« Ah, les petits cochons ! » s'écrie l'homme en apercevant les jambes nues de Loly. En toute hâte, elle essaie d'enfiler la salopette, mais elle ne trouve pas l'entrée de la jambe. La salopette en main, elle se laisse glisser de l'autre côté de la botte de paille. Bal la suit d'un grand saut. De nouveau, les enfants courent à travers les champs. La voix du paysan les suit, les insultant dans son jargon vulgaire. Ils courent au-delà des champs, les buissons et les orties leur mordent les mollets, ils ne s'arrêtent qu'à l'orée d'un petit bois. En se retournant, ils voient que les rouleaux de paille se sont regroupés à l'horizon. L'homme a disparu.

Lentement, ils retournent vers la route. Loly a soif, Bal a faim. Les mûres sur les ronces sont desséchées et le soleil commence à descendre sur l'horizon. Dans leur dos, une camionnette s'approche, elle ralentit. Un jeune homme aux cheveux bruns et bouclés les salue, il sort un bras de la fenêtre.

« Je vous emmène ? »

Loly acquiesce avant que Bal ne puisse refuser. L'homme ouvre la porte et les enfants montent dans la voiture en se serrant sur le siège passager. Il redémarre.

– Où allez-vous, les enfants ?

– En Allemagne.

– Ça ne va pas être possible. Vous ne savez pas qu'il y a une frontière ?

Il a l'air amusé, Loly n'est pas sûre de savoir de quoi il parle.

– Nous allons chez notre grand-mère, invente-t-elle.

– Où habite-t-elle ?

Elle hésite, incertaine.

– À Vienne.

– Ce n'est pas l'Allemagne, c'est notre capitale !

– Je sais bien car je les connais toutes ; celle de l'Espagne s'appelle Madrid.

Loly essaie de se donner un air décontracté.

– Tiens, dit-il en lui jetant un regard curieux. Je peux vous laisser à la gare.

Elle donne un coup de coude à Bal, mais il ne réagit pas. Fasciné, il observe les mains de l'homme manipuler le volant.

– C'est déjà le carnaval à l'école ?

Elle hausse les épaules en guise de réponse.

– Où sont vos parents ?

– Nous sommes assez grands pour y aller seuls.

– Je vois ça !

Il se penche en avant pour jeter un regard au-delà de la tête de Loly.

– Et toi ? Tu ne parles pas ?

Bal secoue la tête en silence et Loly se rend compte qu'il a peur. Aussitôt, elle est envahie par son émotion. « La gare », ça sonne lointain et sans retour.

Ils longent des champs de colza. L'homme conduit en silence, sans détourner les yeux de la route. Mal assise dans sa salopette, Loly remue sur le siège et donne plusieurs coups de coude à Bal, mais il ne réagit toujours pas. Elle se met à gratter une tache de peinture de sa cuisse.

– Où habitez-vous exactement ?

L'homme reprend la parole au moment où ils s'approchent d'un village.

– À Vienne.

Elle avale la salive.

– Tu viens de dire que votre grand-mère y habite.

Loly réfléchit longuement à sa réponse.

– Toi, tu n'es qu'un *Externe* !

Elle met tout le mépris qu'elle trouve dans le dernier mot.

– Qu'est-ce que tu veux dire par là ? (Et après une pause :) Tu as peur de moi ?

Elle n'a plus envie d'aller à Vienne, elle ne veut plus se rendre à la gare et surtout, elle ne veut pas rester assise à côté de l'homme qui lui pose toutes ces questions.

– Comment t'appelles-tu ?

L'inconnu a baissé la voix comme pour ne pas impliquer Bal dans leur conversation. Ils ont dépassé le village. Le ciel est devenu flamboyant. Elle se demande si les autres enfants sont en train d'aller à vélo dans les champs pour peindre le crépuscule.

– C'est là. Tu peux t'arrêter.

L'air déterminé, elle montre du doigt un chemin de terre. L'homme ralentit la voiture pendant un instant, mais ne s'arrête pas. Bal s'est redressé.

– Tu n'entends pas ? Elle a dit qu'on voulait descendre.

– Finalement, tu sais parler.

L'homme sourit. Bal a haussé les sourcils, le visage figé. Loly connaît cette expression : il se prépare à une confrontation. Elle passe la langue sur les lèvres ; du sel et de la crasse se sont accumulés dans le coin de la bouche.

– Arrête-toi, exige-t-il à voix haute.

– Tu sais ce que je pense ? Vous avez fugué. (Personne ne lui répond.) Pour la dernière fois : où habitez-vous ? Comment s'appellent-ils, vos parents ?

– Nous n'avons pas de parents, réplique Bal, plein de dégoût.

– Très bien, conclut l'homme. Vous me dites tout de suite où habitent vos parents ou qui d'autre est responsable de vous ou alors…

– Tu n'es pas le *Chef de Groupe* ici.

Cette fois-ci, Bal n'arrive pas à empêcher sa voix de trembler. Avec une main, l'homme saisit Loly par le bras.

– J'en ai assez de vous deux. Je vous amène à la police.

Encore un mot qu'ils ne comprennent pas. Loly s'imagine que la « police » est une grande cage remplie d'enfants récoltés. Un peu plus tard, l'homme arrête la voiture dans une entrée de champ.

– Pour la dernière fois, où habitez-vous ?

Bal chuchote le nom comme s'il parlait d'une chose interdite.

– Ah… Vous appartenez à *ceux-là*. Fallait le dire tout de suite.

Il redémarre la voiture et fait demi-tour. Le soleil est en face, on ne distingue plus la route des champs. Loly fixe la boule rouge et compte. On leur a dit que le soleil rend aveugle si on le regarde en face au-delà de sept secondes. À six, elle détourne la tête. Des points lumineux flottent devant le visage de Bal. Derrière les lumières, Bal pleure en silence, les sourcils soulevés.

Ils ne savent pas combien de temps s'est écoulé quand l'homme arrête la voiture.

« C'est ici que je vous ai trouvés. Je ne veux pas être mêlé à ces saloperies. »

Mais Bal a déjà ouvert la portière. Les enfants courent à travers le champ, dépassant les rouleaux de paille de part et d'autre, plus loin dans la lumière aveuglante. Loly se sent presque voler. Sa poitrine est grande ouverte ; elle pourrait courir toute sa vie. Au bout de quelques minutes, Bal ralentit puis il s'arrête. À contrecœur, elle interrompt sa course.

– Qu'est-ce qu'il y a ?

Bal ne répond pas. Elle le cherche dans les derniers rayons du soleil.

– La nuit va tomber ! On y va ?

Il s'est assis sur le sol et la regarde d'en bas, les yeux plissés.

– Où veux-tu aller ?

Sa voix est faible.

– On va trouver un abri pour la nuit.

– Dehors ?

Il ressemble à un enfant oublié sur une plage gigantesque. En arrière-plan, les murs de *Fortuna* se distinguent de l'obscurité, un trait gris délavé.

– Oui, confirme-t-elle et lui tend la main. Tu viens ?

1984

I.

Depuis quelques jours, Loly est sa préférée. Soudain, elle est la plus populaire de toutes les filles et elle a remplacé la grande Belle sur les genoux de Kong, l'endroit le plus convoité qui soit. Il est fou d'elle. Loly accepte ce nouveau rôle sans trop le comprendre, tantôt fière, tantôt intimidée par toute cette attention.

Ça commença par un hasard lors d'une présentation artistique. Les enfants défilaient avec leurs numéros et chacun recevait une critique détaillée de la part de Kong. Ce jour-là, il trouva la qualité générale du spectacle insuffisante et il s'en prit à Armand et Doro, les éducateurs qui l'avaient préparé. À tour de rôle, des adultes – toujours d'autres, parmi les centaines qui vivent ici – sont désignés pour s'occuper des enfants pendant la journée. Doro et Armand les ont fait répéter pendant plusieurs jours et y ont mis tout leur cœur. À la fin de chaque répétition, Armand avait la chemise trempée de sueur et sa figure ronde rayonnait de plaisir. Dans les yeux de Doro se lisait l'enthousiasme ; la performance des enfants pouvait l'émouvoir jusqu'aux larmes.

Lorsque la présentation touche à sa fin, Doro ne regarde plus ce qui se passe sur scène mais garde les yeux sur le sol, plongée dans une profonde méditation. Armand a cessé de transpirer.

Loly est la dernière à passer. Elle a préparé la récitation dramatisée d'un poème :

« Qui galope si tard dans la nuit et le vent ? / C'est le père avec son enfant. »

C'est la troisième ballade d'un poète *externe* mort, Johann Wolfgang von Goethe, qu'elle a apprise par cœur. Loly est douée pour retenir ces longues poésies aux mots difficiles et à la rythmique lourde. Ses déclamations ont été accueillies avec bienveillance par Kong et donc par tout le monde ; ça commence à être sa marque de fabrique. Loly n'aime pas réciter les poésies devant tout le monde, elle n'aime pas sentir son cœur battant la chamade quand tous les yeux sont rivés sur elle. Ce qu'elle aime, à l'inverse, est apprendre par cœur les vers. Le soir, avant le coucher, elle les répète à mi-voix, dans un état de quiétude, et les mots, étrangement pleins et lumineux, l'emplissent et l'enveloppent à la fois. Quelque chose de familier émane du texte, au-delà des mots qu'il comporte et qui semble venir de sa texture profonde, un tissu qui lui tient chaud, la met à l'abri et en même temps la propulse au centre de la terre. Pourtant, le nouveau poème est encore plus sinistre que les précédents qui parlaient d'un pêcheur en train de se noyer et d'une bande de squelettes sortant de leurs tombes pour danser au clair de lune… Dans cette histoire, un père emporte son enfant malade à cheval pour le sauver, mais l'enfant finit par mourir dans ses bras. Qui est ce Roi des Aulnes inquiétant et pourquoi le père ne l'empêche pas de s'en prendre à son enfant ?

« C'est une métaphore » lui a dit Armand sans expliquer le mot. Il enseigne l'allemand au lycée interne et a la réputation d'être un « intello », une désignation un peu péjorative, car l'intellect n'est pas la qualité la plus valorisée ici. « Surtout, n'oublie pas, mon enfant / qu'il s'agit du plus grand poète de tous les temps. » Il a un goût prononcé pour la poésie et adore jouer sur le rythme des mots ; même pour les choses du quotidien, il s'exprime en rimes et allitérations. « Le plus grand poète de *son* temps », a-t-il rectifié après un regard sévère de Doro.

On a déguisé les enfants pour l'occasion. Loly porte une jupe en tulle et Doro a même essayé d'arranger ses cheveux ; une minuscule natte trône sur le haut de sa tête tel un palmier bonsaï. Elle se tient derrière le micro et essaie de capter le regard de toutes les personnes dans l'audience, l'une après l'autre. Doro leur a enseigné cette technique qu'elle a dénommée « embarquer le public ». Loly prend des intonations différentes pour interpréter les personnages : une petite voix pleine d'innocence pour l'enfant malade et une voix rassurante pour le père. Pour le Roi des Aulnes, elle prend un ton menaçant et bouge les épaules de façon rythmique.

Son regard croise celui de Kong qui l'écoute, le sourire aux lèvres. Au dernier verset, Loly adopte le ton laconique d'une conteuse qui déplore le destin de ses personnages en même temps qu'elle se moque du sort des humains. Tout le monde applaudit avec entrain et Kong lui fait signe de s'approcher.

« Tiens, en voilà une qui se développe bien. »

C'est comme s'il lui avait dit qu'elle était grande. Loly se redresse pour gagner quelques centimètres. Les adultes s'exclament ; qu'elle a l'air adorable avec sa jupe rose, qu'elle a adorablement récité le poème, si plein de sérieux et d'emphase, avec son petit zézaiement. La rougeur sur ses joues n'a fait qu'ajouter de l'authenticité à sa prestation. Kong est en train de se goinfrer de *Manner Schnitten*, des gaufres industrielles qu'on voit rarement quelqu'un d'autre manger, c'est sa gourmandise préférée.

« Hop-là. »

Sans la prévenir, Kong a lancé un gâteau dans sa direction. Elle tient le micro dans les mains. Mécaniquement, elle se lance et attrape le gâteau avec la bouche. Kong éclate d'un rire bruyant.

« Elle l'a chopé comme un petit chien. »

Il lui lance une autre gaufre. Cette fois-ci, elle ne parvient pas à l'attraper avec la bouche, mais elle se dresse d'un bond et aboie comme un chiot déçu et ça fait rire tout le monde. Le jeu se répète plusieurs fois et même si elle ne parvient plus à attraper une gaufre, Loly a le temps de perfectionner sa prestation du chien excité. Elle sort les fesses, remue une queue imaginaire et à la fin, c'est un véritable numéro.

Kong l'appelle « Montichiot » et cela amuse encore plus les adultes et les enfants. Avidement, Loly louche sur les gaufres dispersées sur le parquet. Elle est épuisée. Mais elle a sauvé le spectacle par son solo burlesque ! Armand se remet à transpirer et les yeux de Doro retrouvent une lueur d'espoir. Lors des applaudissements, elle fait un tour de manège en sautillant. Son regard tombe sur Bal. Il l'observe avec son air sérieux habituel. Mais une ride s'est formée entre ses sourcils et il semble méditer sur quelque chose. Pour la première fois, elle se demande s'il est jaloux. Discrètement, elle montre du doigt les gaufres pour lui signaler que c'est le moment de s'en emparer.

Bal n'est pas né à *Fortuna*. Son père est originaire de Genève où il a rencontré la mère de Bal lors d'un séminaire de sociologie. Elle était issue d'une famille juive de Budapest qui avait émigré au Portugal pendant la guerre avant de revenir en Hongrie dans les années 1960. Quand Bal eut deux ans, ses parents vinrent à Vienne afin de participer à un séminaire ouvert de la *Kommune*, cette grande communauté qui faisait tant parler d'elle, par son ampleur et par sa radicalité. Surtout, elle perdurait au-delà de la vague qui avait eu lieu au cours des années 1970, tandis que les autres expériences de vie alternative semblaient sur leur fin. Comme d'autres, ils se firent happer par le discours libertaire et par les accolades collectives. À la fin du stage, on les invita à venir passer quelques jours au siège principal, surnommé *Fortuna*. Il s'agissait d'un ancien domaine de vingt-cinq hectares, situé en rase campagne, près de la frontière tchécoslovaque, qu'ils avaient réaménagé en un lieu de vie collectif. Les *Kommunards* dormaient ensemble dans le manoir, un bâtiment à quatre étages avec deux ailes sur cour qui abritait une quarantaine de chambres et des cuisines collectives. Ils avaient les mêmes coupes de cheveux, portaient les mêmes salopettes fonctionnelles, souvent sans rien dessous. On les voyait en grappes, dans des formations circulaires ou en rangées pour la distribution des repas. Et – la rumeur se révélait vraie – on pouvait coucher avec qui on voulait, il suffisait de demander, pourvu qu'on ne transgresse pas les limites des normes hétérosexuelles et des hiérarchies clairement établies.

Les parents de Bal restèrent quelques semaines pour tester l'amour libre et le haschich qu'on leur proposait. En fin de compte, ils décidèrent de repartir pour reprendre leur vie de couple conventionnel à Genève. Autant de liberté, ce n'était pas pour eux. Les années 1980 venaient de commencer et il fallait redevenir sérieux. Mais en repartant, ils laissèrent leur fils dans la *Kommune*. Si eux-mêmes étaient trop corrompus par les structures de la *Famille Nucléaire* – l'ordre social capitaliste basé sur le mariage – pour apprécier cette nouvelle vie d'expérimentation artistique et sexuelle, leur enfant pourrait en profiter. Bal pourrait avoir une enfance libre et devenir une meilleure version d'eux-mêmes. Peut-être, aussi, que les parents de Bal, à court d'argent, prenaient *Fortuna* pour un internat gratuit. En grandissant sans la présence de ses parents, Bal devint un véritable « enfant de la collectivité », une circonstance qui jouait en sa faveur. D'un autre côté, il était né au *Dehors* et ses parents étaient des *Petit-Bourgeois* défaillants, ce passé pouvait être utilisé contre lui. Mais pour Loly, Bal avait toujours été là, autant qu'elle s'en souvienne.

Quand il était tout petit, Bal était gardé par Marike qui habitait alors dans la chambre à côté de celle qu'occupait Loly avec sa mère, Ariane. Tous les soirs, Ariane faisait le tour des chambres de leur étage et Loly trônait sur son bras comme un trophée. Les adultes lui tendaient la joue à son passage et elle distribuait des bisous de « bonne nuit ». Le dernier revenait toujours à Bal. Si toutefois quelqu'un s'approchait encore d'elle, elle serrait les lèvres et secouait la tête. Le matin, au réveil, Bal glissait de son lit et traversait les cinq mètres du couloir jusqu'à l'autre chambre. Loly était réveillée par le trottinement de ses pieds et la sensation de son doigt sur ses joues. Elle ouvrait les yeux avec un grand sourire et, une minute plus tard, ils étaient assis côte à côte sur la moquette pour construire des maisons avec des blocs en bois. Quand Ariane se levait, elle allait leur chercher le petit déjeuner et ils mâchouillaient leurs tartines tandis qu'Ariane buvait son café au lit en les regardant jouer. Puis, les enfants venaient se blottir contre elle dans le lit, chacun d'un côté, et elle leur chantait des comptines. À la fin, elle les serrait dans ses bras en les couvrant de bisous : « Mes deux enfants adorés ! » C'était la belle époque.

Maintenant, Bal et Loly font partie chacun d'une autre *Familie*, constituée d'une dizaine d'adultes et d'enfants autour d'une femme ; ce sont les reines des abeilles de ces cellules familiales éphémères. Elles sont fixes, tandis que la composition des grandes familles change régulièrement. Les enfants sont confiés chacun à une *Mère d'Ersatz*, davantage une nounou, qui est responsable de leur bien-être physique et de leur hygiène. Mais dès le lendemain matin, Bal et Loly se retrouvent. Les yeux pleins de sommeil, ils se lancent des regards complices au-delà de leurs bols de muesli.

Dorénavant, Kong l'interpelle tous les jours lors de l'*Assemblée des Enfants*. C'est le rituel quotidien qui vise à les évaluer, un véritable tribunal où Kong joue le juge et les éducateurs se partagent les rôles des accusateurs et de la défense. La *Struktur*, le classement hiérarchique, constitue le cadre des relations entre les membres de la *Kommune* et il existe un classement pour les adultes – qui sont sous-divisés en quatre groupes selon leur *Niveau de Conscience* –, un autre pour les enfants, exception faite des bébés. Ils sont jugés sur leurs comportements *positifs* ou *négatifs* vis-à-vis des dogmes du groupe, mais les critères pour cette évaluation sont à géométrie variable ; c'est Kong qui les réinvente au jour le jour. L'*Assemblée des Enfants* a lieu dans son Grand Atelier après le repas de midi, un moment peu propice pour la critique et les maux de ventre et la constipation sont souvent au programme.

« Où est Montichiot ? » lance-t-il en arrivant dans l'atelier.

Et les enfants autour de la grande table montrent du doigt Loly pour s'exclamer d'une voix : « La voilà ! »

Loly doit se lever et mimer la chienne contente : elle bouge les fesses et remue avec sa queue imaginaire, elle sort la langue et aboie, les enfants rient et les adultes disent encore qu'elle est adorable. C'est devenu une routine. Toutes et tous ont compris que Loly est à la mode. Les éducateurs aiment la gâter, ces jours-ci. Ils lui caressent la tête en l'appelant Montichiot. C'est un jeu bon enfant que Loly accepte volontiers. Il y a pire que d'être apprécié par tout le monde !

Pendant une bonne partie de la séance éducative, elle doit rester assise sur les genoux de Kong. Il parle en crachant et Loly sent les gouttes de salive s'abattre sur sa nuque comme de la bruine. Quand il gesticule, elle doit veiller à ne pas se prendre son revers de la main dans la figure. Mais elle est au centre de l'univers et parfois, lorsqu'il se lève pour faire un discours, il l'emporte sous le bras comme un colis. Une fois, il la prend sur ses épaules et voilà qu'elle est hissée au sommet du monde. Le sol est à deux mètres de sa tête, mais Loly reste sans s'accrocher, souriant avec courage.

Kong. Tout commence et tout se termine avec lui. Quand il parle, les autres adultes se taisent. Il utilise des phrases courtes, trempées d'expressions crues et, à la fin, on l'applaudit, on rit, on lance des cris exaltés en hochant la tête avec des yeux mouillés d'admiration. Et toujours, vraiment, toujours, il a raison. Quand quelqu'un d'autre prend la parole, tous les yeux restent fixés sur lui. Une fois qu'il a validé le propos, on peut féliciter l'orateur. Il suffit qu'il relève le coin de la bouche pour faire taire quelqu'un, un haussement de ses sourcils broussailleux peut provoquer des flots de larmes, un jugement critique de sa part mène à être traité comme un pestiféré. Il est le père idéal, celui dont tout le monde veut être l'ami, le frère, l'amante, l'enfant. Artiste d'exception, son génie est incontesté. Il est l'Unique, omniprésent, inquiétant, sacro-saint. Kong, le Patriarche.

Loly l'aime comme on le lui a appris. Elle le craint, cela aussi on le lui a enseigné. Pour le reste, l'enfant éprouve un éventail d'émotions inexprimées en rapport avec celui dont elle rêve d'avoir l'attention et dont un seul regard pourrait anéantir son être. Il est au centre de son monde et certains jours, comme aujourd'hui, c'est comme si le monde entier n'était que lui. Loly brûle de peur, d'embarras ou d'orgueil. Devenue visible, elle se distingue de la masse ; les adultes lui sourient et les enfants sont jaloux. Pourtant, elle sait que, le même jour, elle peut être réduite en cendres sous les yeux de tous : sans valeur, délaissée comme une poupée sans vie. Puis, Kong redeviendra un soleil lointain et tant d'autres planètes s'interposeront entre eux qu'il ne la remarquera plus. Cachée au fond de la Voie lactée, elle gravitera autour d'une autre petite planète, presque en sécurité.

Tous les après-midi, c'est le même dilemme pour l'enfant. Quand Kong entre dans le Grand Atelier, elle n'ose pas s'approcher et attend qu'il la remarque. Souvent, il l'oublie. Alors elle reste assise à sa place, à côté de Bal, supposant que le miracle aura pris fin. Mais il arrive que Kong se souvienne d'elle au cours de la séance ou qu'il l'aperçoive, les yeux sagement levés vers lui.

« J'ai oublié Montichiot ! »

Tout le monde éclate d'un rire soulagé. Kong est de bonne humeur, aujourd'hui ! Mais d'autres jours ça l'agace de la voir assise si humblement, l'air de vouloir se fondre dans la masse. N'a-t-elle toujours pas compris où est sa nouvelle place ?

« Viens là, petite hypocrite. Tu sais bien que je t'attends alors pourquoi tu ne viens pas toute seule ? » Et avec un clin d'œil aux autres : « C'est pour me faire languir… Elle joue à la sirène. »

Il la soulève par un bras et la fait s'asseoir sur lui et l'enfant doit encore se tenir droit, faire risette, être au centre de l'attention, une attention qui commence à être pénible. À la fin de l'*Assemblée des Enfants*, les muscles de la mâchoire sont endoloris, sa bouche n'est pas accoutumée à sourire autant.

Aujourd'hui, Loly a pris son courage à deux mains. Elle est décidée à prouver à Kong qu'elle a appris sa leçon et elle a attendu à côté de la porte pour ne pas rater son entrée. Les enfants sont déjà installés autour de la grande table en bois. Comme d'habitude, Bal lui a gardé une place, mais elle fait semblant de ne pas le remarquer. Quand Kong arrive, entouré d'un nuage de femmes, elle ne perd pas de temps, se glissant entre les jambes des adultes.

Kong s'assoit sur son grand fauteuil noir. Elle se pointe à ses côtés et tire doucement sur la jambe de son pantalon. Kong ne la remarque pas. Mais il ne faut pas qu'elle rate l'occasion. Comme il est assis en biais, un peu éloigné de la table, elle parvient à monter sur ses genoux. Il est en train de parler à son audience, l'air agité ; il ne prête aucune attention à l'enfant. Une fois sur ses genoux, Loly remue pour trouver une position confortable. Mais un instant plus tard, Kong la balaie de ses genoux du revers d'une main comme pour se débarrasser d'une mouche. Il ne s'est pas arrêté de parler.

L'enfant glisse par terre et tombe sur le côté, à moitié sous la table. Elle reste accroupie, trop surprise pour savoir si elle a mal. Le discours de Kong est suivi d'un rire approbateur des femmes. Puis, il rapproche son fauteuil de la table pour commencer le tribunal. C'est là qu'il aperçoit l'enfant sur le sol devant lui.

– Qu'est-ce qui lui arrive ?

– Elle a grimpé sur toi en faisant des singeries devant les autres. Puis, elle a glissé bêtement, dit Gabriella, la femme à ses côtés, l'éternelle première, pour Loly la seule personne aussi effrayante que Kong.

– Qu'est-ce que tu fous ? Tu m'as pris pour une chaise ? Lève-toi.

L'enfant s'exécute. Kong parle d'un ton amusé, mais ça ne fait qu'augmenter la confusion de l'enfant. Ce n'est pas vrai ce qu'a dit Gabriella. C'est Kong lui-même qui l'a jetée par terre comme une miette de pain, ne l'a-t-il même pas remarqué ?

Pour une fois, elle a suivi ses directives. Mais elle ne peut pas le dire. Évidemment, Kong n'a jamais tort et Gabriella non plus, sauf les rares fois où elle s'obstine à le contredire. Loly sent une douleur dans le coude ; elle a dû tomber dessus. Mais il ne faut pas pleurer, elle sait qu'il ne faut pas pleurer ! C'est trop tard, pourtant, elle sent couler des larmes sur ses joues.

Kong se met en colère.

« Qu'est-ce qui ne va pas chez cette gamine ? » D'abord, elle a voulu le monter comme un cheval de selle ordinaire et maintenant, elle se met à pleurer alors qu'il lui a parlé avec toute la bienveillance du monde. « Où est sa mère ? »

Personne ne semble être au courant ou, en tout cas, personne ne tient à prendre la parole en son nom. Quand Loly entend le nom d'Ariane, elle est submergée de détresse. Si Ariane était là, elle pourrait coller le visage contre son ventre et disparaître. Elles se tiendraient côte à côte, têtes baissées, puis elles iraient s'asseoir à l'autre bout de la table et quand l'attention générale passerait à autre chose, Ariane lui ferait des bisous sur la tête en lui caressant le dos avec des mouvements circulaires. Ça fait trois semaines qu'elle est rentrée et Loly n'a eu le droit de la voir qu'une fois. Elle n'arrive pas à chasser l'émotion, une émotion qui a pris possession de son corps si entièrement qu'elle cesse d'exister en dehors de cette vague.

Kong la soulève par les épaules comme une brique et la dépose au milieu de la grande table. Instinctivement, elle lève les mains devant le visage, mais Kong réagit aussitôt – « Bas les pattes ! » avec une tape sur ses mains – et aucune partie d'elle ne peut se cacher. Ses mains pendent à côté du corps comme des torchons.

« Regardez-moi cette Marie-Antoinette ! Elle fait couler des larmes de crocodile parce qu'on l'a privée de sa brioche. »

L'enfant ne connaît pas Marie-Antoinette, mais l'intonation de Kong lui provoque de nouvelles larmes.

« Arrête de chialer ! »

L'enfant devient un objet d'exposition public. Si elle a décidé de déranger la séance avec son numéro, il va s'en servir pour une étude de cas : voilà un enfant resté trop longtemps accroché aux jupes de sa mère, une gamine mégalomane qui refuse d'accepter l'autorité. D'abord, elle a passé des semaines à l'amadouer avec son cirque et maintenant, elle pense pouvoir le dominer. Et quand on la remet à sa place, elle joue la victime ! La cause de tout ça est un lien trop fusionnel avec sa mère qui, au lieu d'être écartée à temps, continue à vampiriser l'esprit de l'enfant. Voilà l'exemple d'une influence maternelle pernicieuse, héritage de la *Famille Nucléaire* névrosée dont il veut protéger les enfants.

À son signal, les enfants doivent se mettre à imiter les pleurs. À chaque sanglot de l'enfant, il faut répondre par un pleur collectif, chaque ébranlement de son corps doit être suivi d'une réponse ironique. C'est sans issue et c'est ce qui fait pleurer Loly, ce ne sont pas ces autres qui se moquent de sa détresse, mais sa propre incapacité à sortir de la situation. Si elle arrêtait de pleurer, on la laisserait descendre de la table et elle pourrait se réfugier à l'autre bout de la salle pour avaler sa morve. Il suffirait de respirer. Mais il n'y a que l'avalanche de désespoir et le spectacle de son ridicule se prolonge. Elle est en train de s'étouffer toute seule.

De l'autre côté du rideau de larmes, Kong a pris le rôle d'un chef d'orchestre. L'index en guise de baguette, il dirige les autres à baisser et à élever la voix, à chuchoter ou à hurler à son signe pour constituer un canon à plusieurs voix : d'abord Loly en soprano, puis les filles en alto suivies des garçons en baryton.

« Oh-o-oh ! Ouh-ou-ouh ! Bo-o-oh ! Bouh-ou-ouh ! BAAAAAAH ! »

Loly n'a plus besoin de se forcer à garder les yeux fermés, ils sont trop enflés, remplis de liquide, pour apercevoir quoi que ce soit du monde extérieur. Son visage est distordu à l'extrême. Et parmi les voix exaltées des enfants, Loly distingue celle de Bal, devenue rauque comme à la fin d'un match de foot.

La bataille contre les larmes est perdue : Loly, debout sur la table, paupières fermées, poings serrés, une boule d'émotion opaque. À l'intérieur, le temps est suspendu.

En bas, devant le grand manoir, Ariane traverse la cour en briques rouges. À travers les fenêtres ouvertes, elle entend les pleurs d'un enfant.

« Quel pauvre enfant est-il en train de torturer, aujourd'hui ? »

La question s'est formulée dans son esprit avant qu'elle puisse l'empêcher et ses pieds s'arrêtent. Son corps connaît la réponse : il n'y a que son enfant qui pleure comme seule au monde. Mais son esprit s'interdit de formuler la réponse, une réponse qui pourrait la blesser au point qu'elle serait obligée de réagir : foncer dans le bâtiment et monter les escaliers quatre à quatre, ouvrir la porte, prendre sa fille par la main et partir : ça serait la voie du non-retour.

Une multitude de voix répond aux sanglots enfantins, trente, quarante bouches, formant une cacophonie de méchanceté. Sidérée, Ariane écoute.

Pourtant, en ce moment, les choses vont plutôt bien pour Loly, elles vont mieux pour Loly que pour elle-même. Son enfant, paraît-il, est la star de la saison ! Comme tout le monde, Ariane est au courant du succès de Montichiot et quand elle imagine Loly trôner sur les genoux de Kong, ça l'émeut aux larmes. Enfin, il la remarque, prend soin d'elle.

Depuis son retour de l'antenne à Munich, Ariane n'arrête pas de travailler. Elle gère les transports des *Kommunards* qui travaillent en journée à Vienne, elle conçoit les plannings de répartition des voitures, remplit les bons de commande, distribue les permis de conduire et prépare les enveloppes avec l'argent compté à la main pour l'essence et les repas sur la route. C'est un travail qui implique des responsabilités ; un travail stupide et ennuyeux qui représente tout ce qu'elle a voulu fuir en intégrant la *Kommune*. Mais elle a décidé de tout essayer pour se racheter. Surtout, ne pas commettre d'erreur. Garder la tête basse et travailler sur son attitude ; dans quelque temps ça ira mieux…

Kong lui a accordé son souhait de rester physiquement près de Loly, mais il lui a interdit d'entrer en contact avec elle. Dorénavant, Ariane doit se cacher lorsqu'elle voit s'approcher son groupe d'enfants. Une fois, Loly l'a aperçue à l'autre bout de la salle à manger ; elle l'a regardée comme un fantôme, puis elle a détourné la tête et continué à manger. Le lendemain, Ariane a demandé la permission de la voir, elle prétendait être tout juste de retour d'Allemagne. Loly l'a écoutée comme si tout cela avait peu d'importance. Ariane finissait par croire que c'était mieux ainsi.

Elle est arrivée dans la *Kommune* par le biais de Marion, sa sœur aînée, et elle a connu les origines, quand la communauté ne consistait qu'en deux grands appartements dans le deuxième district de Vienne avec une quinzaine de membres. Aujourd'hui, ils sont plusieurs centaines d'adultes et une soixantaine d'enfants.

Marion et Ariane avaient grandi avec leurs quatre frères et sœurs dans une ville moyenne de la République fédérale d'Allemagne, non loin de la mer du Nord. Leur mère avait connu leur père juste après la guerre ; il travaillait à la mairie et elle était sa secrétaire. Avant la guerre, il avait été un homme politique d'importance moyenne au sein du parti socialiste. Lorsqu'Ariane lui avait demandé, enfant, l'origine du matricule sur son bras, son père avait détourné la tête en disant qu'« *ils* » les avaient « marqués au fer comme des bêtes ». Ariane ne comprenait rien à cette phrase, mais la réponse était si définitive qu'elle avalait toute question supplémentaire. Peu avant son dixième anniversaire, son père n'était plus de ce monde tandis que sa mère jonglait entre travail domestique et travail alimentaire. Ce n'était jamais le moment de poser des questions.

Marion, de trois ans l'aînée d'Ariane, avait quitté le foyer familial le jour de ses dix-huit ans, lassée par l'ambiance de leur habitation étroite où sa mère la critiquait pour ses « petites robes de papier crêpé » et où sa fratrie se bagarrait pour la télécommande. Elle était partie en voyage avec une copine et le hasard les avait conduites à Vienne. De son côté, Ariane venait d'obtenir le brevet des collèges. Son projet était d'intégrer une école d'éducateurs de jeunes enfants pour travailler dans une crèche. Mais il fallait effectuer un stage professionnel d'abord et la seule place qu'elle trouva était dans une maison de retraite. C'était sa professeure d'histoire qui l'avait recommandée pour ce stage, lui faisant comprendre à quel point Ariane devait s'estimer chanceuse : il n'y avait pas beaucoup de débouchés pour une jeune fille comme elle, de milieu modeste, sans baccalauréat et avec des moyens intellectuels restreints – c'était une bonne occasion d'acquérir de l'expérience, en attendant qu'elle se marie et s'occupe de sa propre famille. Ariane n'était d'accord ni sur le fait de s'estimer chanceuse, ni sur la nécessité de se marier et encore moins sur ses présumées limites intellectuelles. Mais elle était impatiente d'entrer dans le monde du travail pour quitter le cocon familial, même si l'idée d'apporter des repas aux personnes âgées et de vider des bassins ne la réjouissait guère. Elle avait seize ans et venait de quitter le monde de l'enfance.

Sa famille passait les vacances de Pâques dans une ferme à la montagne quand Marion débarqua avec son nouveau copain, un artiste viennois apparemment en vogue. Ils étaient sur la route du retour de Brême, où ce copain avait présenté une performance scatologique qui avait provoqué un scandale et ébranlé le monde de l'art ouest-allemand. Ariane se demandait pourquoi sa jolie sœur avait choisi un homme aussi vieux et laid. La première chose que Kong lui avait dite – elle était assise sur le canapé avec un magazine en main – c'était qu'elle avait l'air d'une vieille ménagère. Lisait-elle *Brigitte* ? En 1968, Ariane était trop jeune pour intégrer le mouvement hippie et ne savait rien de ce monde artistique et bohème que Kong évoquait, mais quelque chose dans cette remarque lui faisait comprendre qu'elle n'était pas dans le coup. Marion passa la nuit à la convaincre de venir avec elle. D'abord, la proposition ne lui disait rien. Mais son premier amour venait de se briser et personne ne l'attendait au retour à la maison. Il lui semblait inéluctable qu'elle soit la prochaine à s'éloigner du foyer familial.

À Vienne, les choses se mettaient en place sans qu'elle prenne d'initiative, elle se contentait de rester auprès de sa sœur. Le grand appartement bourgeois du 15e district de Vienne était une fourmilière humaine. Tout tournait autour de Kong, le chef autoproclamé de cette bande de jeunes libertaires. C'était un ancien instituteur qui, blasé de son existence médiocre, s'était converti en artiste plasticien à la fin de la quarantaine. En s'associant à quelques autres artistes, il avait rapidement réussi à se forger un nom avec ses *Actions Artistiques*, des performances impromptues où il se servait de matières brutes autant que de corps d'animaux morts et de jeunes femmes vivantes dans le but d'ébranler les mœurs de la société autrichienne respectable, d'aguicher les critiques d'art et d'attirer des personnes influençables dans sa mouvance. Après son divorce, il avait transformé son appartement en colocation alternative. Une autre se trouvait dans le même immeuble et le va-et-vient entre les deux appartements était permanent.

Officiellement, Kong entretenait une relation exclusive avec Marion. Peu après son arrivée, il décréta qu'Ariane devait se mettre en couple avec un de ses amis, Hubert, qui vivait dans la colocation voisine. Habituée à suivre les ordres des hommes, Ariane ne s'y opposa pas. Les colocataires dormaient jusqu'en fin de matinée, puis ils prenaient le café pendant des heures. Toutes les discussions tournaient autour d'une organisation sociale radicalement différente. Les avis sur le chemin à prendre divergeaient, mais ils étaient d'accord sur le fait que, si l'art était l'issue, le capitalisme était l'origine du mal et qu'il fallait l'arracher à la racine, à savoir le couple *petit-bourgeois* basé sur la possessivité et la jalousie. Ariane était fascinée par l'ambiance de créativité : certains écrivaient des poèmes, d'autres jouaient de la guitare ou confectionnaient eux-mêmes des meubles et des habits. Les après-midi étaient consacrés aux petits boulots sans lendemain. Par le biais d'un ami de Kong, un professeur d'art plastique, Ariane trouva un travail en tant que modèle vivant à l'Académie des beaux-arts. Le soir, tout le monde se retrouvait autour de la table de la cuisine et les amis de Kong défilaient. C'était des hommes mûrs, comme lui, des artistes, psychanalystes et philosophes autoproclamés. Chacun y allait de sa théorie sur la façon de libérer l'art et les esprits du joug de la société post-fasciste, certains étaient d'ailleurs passés à la pratique.

Rapidement, Kong développa sa propre méthode, un mélange de psychanalyse et de thérapie physique qui reprenait de façon décousue des aspects des théories de Freud, Reich, Perls et Janov. Au bout de quelques mois, Ariane, aussi, commença des séances individuelles avec Kong, un privilège qu'elle avait reçu au lendemain de leur premier rapport sexuel, à proprement parler un viol, mais ce mot ne lui viendrait à l'esprit que trente ans plus tard. Ce jour-là, la chose qui préoccupa Ariane fut le regard que lui lança Marion en la découvrant nue sur la mezzanine. Kong était reparti dans le salon et, de loin, elles entendaient son pinceau taper sur la toile. C'était un regard débordant de rage et de jalousie, accompagné de ces mots en passant : « Justement toi… Avec tes airs de sainte-nitouche. » D'en bas, Marion ne pouvait pas voir les traces de sang sur les draps ni deviner l'état fébrile du corps de sa petite sœur.

Peu après, Kong annonça l'abolition de la monogamie, considérée définitivement comme « has been », et la *Sexualité Libre* devint le mot d'ordre. En général, il animait des séances de thérapie de groupe, mais elles étaient plusieurs jeunes femmes à suivre une analyse personnelle avec le maître. Ces rencontres s'ouvraient sur la fumette d'un joint et se terminaient par un passage rapide sur la mezzanine. Au bout du premier hiver et d'une vingtaine de séances privées, Ariane était convaincue – comme toutes et tous ici – que Kong était leur guide créatif incontesté, oubliant la première impression qu'elle avait eue de lui. Quand Marion décida de quitter Kong et, simultanément, Vienne, Ariane ne pensait déjà plus à repartir. Comme la première fois, Marion passa la nuit à tenter de la convaincre de venir avec elle, mais cette fois-ci, Ariane refusa d'écouter sa grande sœur. Un retour chez sa mère – qu'elle avait dû maintes fois « tuer » en thérapie pour se défaire de son emprise – lui semblait impossible et elle n'avait nulle part où aller. Dorénavant, sa famille était ici. Et quand, au printemps d'après, les femmes et les hommes emballèrent leurs affaires pour s'installer dans la plate campagne dont Kong était originaire, Ariane était de la partie. Ils acquirent une propriété agricole qui avait appartenu à un archiduc de la maison de Habsbourg, laissée à l'abandon depuis l'entre-deux-guerres.

Tout était à reconstruire, en commençant par une station d'épuration des eaux usées.

Après quelques années de travaux continuels et d'efforts collectifs, les adeptes commencèrent à vivre dans des conditions moins rudimentaires. Entre-temps, leur nombre avait triplé. Quand la *Struktur* se mit en place, Ariane se vit attribuer une place solide en haut du deuxième groupe, faute d'appartenir à l'élite. En tant que membre de la vieille bande viennoise, Kong était plutôt indulgent à son égard. Elle avait la réputation de la « petite sœur », docile et agréable à vivre, sur qui – si elle ne se faisait pas remarquer par un talent extraordinaire – on pouvait compter. Mais de fil en aiguille, elle perdit son statut et devint sujet de troisième rang.

Quand avait-elle perdu son attitude positive, son énergie autrefois si entraînante ? Quand était-elle devenue cette vieille femme aigrie, sans le moindre pouvoir de séduction ? Elle était pourtant belle, il y a encore peu de temps ; une jeune mère, portant son bébé comme un trésor, rayonnante de fierté et dotée d'une poitrine qui faisait parler d'elle jusqu'à l'antenne de Paris. À cette période, elle lui plaisait, il avait même tété le lait de ses seins. Car elle était invitée dans son lit ! Certes, il la remarquait déjà moins, trop occupé par les corps immaculés d'une nouvelle génération de jeunes femmes. Mais Ariane était dans le coup. Les années défilèrent, soudain, elle eut trente ans et Loly grandissait à vue d'œil.

Un petit vent s'est levé ; il soulève des tas de feuilles mortes du sol en les faisant tournoyer comme de minuscules cyclones. Autour de la cour, les façades en brique rouge se font face. Les bâtiments qui entourent la cour se resserrent autour d'elle comme pour ne laisser échapper personne. Tout à coup, Ariane se sent exposée aux regards. Les fenêtres ont des yeux, tous dirigés vers elle. Elle secoue la tête et, posant un pied devant l'autre, finit de traverser la cour. La sensation de vertige s'atténue. En réalité, elle ne sait rien de ce qu'il se passe au premier étage du grand manoir ; peut-être que les enfants sont en train de répéter un spectacle. Et ce n'est sûrement pas Loly qui pleure, là-haut, c'est l'enfant d'une autre. Dans le bâtiment annexe règne le silence. Ariane retourne dans son bureau au fond du couloir. Le travail l'attend.

II.

Les hirondelles volent bas aujourd'hui, ça veut dire qu'il va pleuvoir. Pourtant, le soleil brille, il traverse ses cheveux courts et atterrit sur son cuir chevelu avec force. Loly marche lentement, traînant des pieds, et chante à voix basse des mots inventés. Deux incisives viennent de tomber de sa bouche, mais elle a toujours zézayé, autant qu'elle s'en souvienne. Bal saute sur une jambe, deux pas en avant, un pas en arrière, son jeu habituel. Il a les genoux couverts d'égratignures. Sa tête est inclinée, comme si elle était trop lourde pour son cou. La route est parsemée de punaises. Ils prennent soin de ne pas les écraser pour éviter l'odeur pestilentielle qui se répand quand la semelle fait craquer la carapace. L'un près de l'autre, ils descendent la route récemment achevée qui mène vers le nouveau terrain de sport, entourés des enfants de leur groupe habituel, on les appelle les Moyens. Ils marchent toujours ensemble, mais ne se tiennent pas par la main. Ça, jamais ! Les Grands marchent plus loin devant eux.

Les deux groupes vont jouer ensemble à la balle aux prisonniers, une quinzaine d'enfants, filles et garçons, toutes et tous les cheveux en brosse. Loly a très peur de ce jeu, il lui a valu des bleus partout sur le corps. Le degré de violence peut varier d'un match à l'autre car il dépend du seuil de brutalité toléré par l'adulte qui les surveille. Aujourd'hui, c'est Marie-Ange, une jeune femme avec un accent français à couper au couteau qui vient d'arriver à la *Kommune*. Elle a les cheveux sombres assez longs pour les attacher en queue-de-cheval. Loly est en admiration, béate devant cette masse mouvante qui se balade à quelques mètres devant elle. Ça lui rappelle la crinière de Mammouth, le cheval qui a cassé trois dents à Karolina d'un coup de sabot. Elle ne comprend pas pourquoi Marie-Ange porte cette queue-de-cheval alors que tout le monde a la tête rasée, enfants et adultes confondus. Loly tire ses cheveux devant elle pour mesurer leur poussée. En sortant la langue sur le côté, elle arrive presque à toucher les pointes des cheveux, il manque quelques centimètres… Mais elle sait que bientôt, on les coupera et sa tête ressemblera aux champs moissonnés qui entourent *Fortuna*.

Lorsqu'ils s'approchent du terrain de jeu, les Grands se mettent à courir, ils lancent des cris et enlèvent leurs t-shirts. Les Moyens suivent leur exemple et la file se disperse. Loly avance aussi lentement que possible, juste assez pour ne pas s'arrêter. Les enfants se mettent à former les équipes. Tout le monde se presse pour se faire élire dans l'équipe de Milo, le meilleur joueur. L'autre équipe est menée par Maja, la plus forte des filles. Tous deux en bas de la hiérarchie, ils excellent cependant dans le domaine du sport. Contrairement à Loly, Bal aime la balle aux prisonniers, il adore lancer les ballons avec force, mais il vise toujours la poitrine ou les jambes des adversaires, jamais la tête. Quand elle arrive enfin, tout le monde a intégré une équipe, à part Olivia et le Petit Benji. Bal secoue Milo au bras pour l'inciter à désigner Loly. Mais elle détourne la tête, feignant de ne rien remarquer. Milo finit par prendre Olivia et Loly se retrouve avec le Petit Benji dans l'équipe la plus faible, comme elle l'avait secrètement souhaité. Quand le jeu démarre, elle parvient à se faire éliminer rapidement d'une balle lancée mollement par Olivia qu'elle prétend ne pas réussir à attraper. Satisfaite, elle passe la plus grande partie du match en « prison », c'est-à-dire hors-jeu. À l'abri, elle observe les enfants sauter et crier jusqu'à l'épuisement, les jets de balle deviennent de plus en plus violents. À la fin du tournoi, elle ne s'est pris que deux fois le ballon en plein ventre, pas une seule fois à la figure.

Sur le chemin du retour, Bal et elle marchent de nouveau côte à côte. Son visage est rouge d'excitation et, cette fois, il écrase délibérément les punaises avec ses pieds et l'odeur infecte qui s'en dégage amplifie sa nervosité. Quelques mètres devant eux, Milo se baisse pour renouer ses lacets de chaussures et Maja, qui marche juste derrière, doit s'arrêter brusquement pour ne pas le bousculer. En s'approchant, Loly la voit se pencher à son tour pour ramasser un gros caillou blanc sur le bord de la route. L'air de rien, elle soulève le bras et fait tomber le caillou sur la tête de Milo. Il tombe en avant. Loly est tétanisée. Maja lui jette un regard vide d'expression. Tranquillement, elle reprend sa balade tandis que d'autres enfants et Marie-Ange arrivent en courant pour s'occuper de Milo. Un filet de sang coule de son crâne en direction de l'oreille, il gémit légèrement.

À midi, on se retrouve autour de la grande table pour manger des *Semmelknödel*, des quenelles de pain servies avec une sauce à la viande. Milo mord dedans à pleine bouche. Il porte un bandage sur la tête, mais par ailleurs, il semble avoir oublié l'incident. Maja mange, l'air préoccupé, sans doute elle prépare mentalement sa défense pour l'*Assemblée des Enfants*. Loly n'a pas d'appétit. La scène n'a duré qu'une seconde, mais elle la rejoue dans sa tête encore et encore jusqu'à ce qu'elle devienne irréelle, comme une scène de théâtre ; même le sang ressemble à de la peinture rouge. Assis à ses côtés, Bal appuie avec un doigt sur les endroits douloureux de son corps, comme s'il répétait un morceau de piano.

À l'heure du dîner, tout le monde se retrouve dehors, autour d'un feu de camp, pour faire du pain au bâton. Autour du grand feu ça bourdonne comme dans une ruche. Plongeant le bâton dans les flammes, Loly sent le bout de son nez devenir chaud, la fumée pique dans ses yeux. Elle raffole de cette odeur âcre et adore être à l'extérieur à la tombée de la nuit. Au fur et à mesure, l'obscurité les enveloppe jusqu'à devenir totale. Quand la croûte du pain commence à devenir dorée, elle porte le pain à la bouche, elle souffle dessus et goûte avec le bout des dents. La première bouchée a le goût du feu et à l'intérieur, il y a une mie chaude, légèrement sucrée.

Une abeille s'est approchée de son visage. La bouche serrée, Loly agite la main pour la faire partir quand, brusquement, une douleur explose dans sa lèvre inférieure ; ça fait si mal qu'elle laisse tomber le bâton. Les larmes aux yeux, elle louche au-dessus de son bout de nez où la lèvre est en train d'enfler à vue d'œil. Gustav montre du doigt sa bouche et s'écrie : « Regardez le gros crapaud ! » Les autres enfants éclatent de rire.

Clara est chargée d'emmener Loly à la maison pour soigner la piqûre. Mécontente de son fardeau, elle la tire par le bras pour aller plus vite. En partant, Loly aperçoit du coin de l'œil Maja ramasser son bâton et croquer dans le pain. La lumière des étoiles suffit à peine pour voir la route et Loly a failli tomber plusieurs fois, mais elle n'ose pas protester : Clara a quatorze ans et elle compte parmi les filles supérieures.

De retour dans le manoir, Clara l'amène à la grande cuisine du rez-de-chaussée et allume les lumières. Tout est lavé et rangé. Elle la fait s'asseoir sur une chaise et va chercher un oignon dans le placard, qu'elle coupe en deux. Loly doit presser l'oignon contre sa bouche. Sur le coup, ça brûle encore plus. Clara lui dit que c'est sûrement une guêpe qui l'a piquée. Mais Loly secoue la tête : elle a vu l'insecte velu et potelé.

« Si c'était une abeille, au moins, elle est morte sur le coup... »

Et Clara repart fouiller dans les placards. Loly ne comprend pas pourquoi l'abeille s'est obstinée à vouloir manger le bout de pain dans sa bouche, alors qu'elle aurait pu manger le pain sur le bâton. Et pourquoi elle entre tous ? Elle aurait pu choisir Maja ou Milo qui s'amusent à attraper des abeilles pour les jeter dans un seau rempli d'eau et les regarder se noyer. Ils arrachent les ailes aux mouches et leur font faire des courses à pied. C'est bien fait pour l'abeille qu'elle soit morte ! Même Bal n'a pas pu s'empêcher de pouffer à la vue de sa lèvre ridiculement enflée.

– Ce n'est pas juste, murmure-t-elle.

– De quoi tu parles ?

– Pourquoi Maja a-t-elle le droit de participer à la soirée ? La dernière fois, j'étais exclue de la promenade juste parce que je n'avais pas fini mon dessin.

– N'as-tu pas encore compris comment les choses se passaient, par ici ?

Loly ne répond rien. Son esprit s'est arrêté sur un détail : Clara a dit « par ici », comme si ailleurs, ça pouvait être mieux… Elle se souvient d'un coup qu'elle n'est pas née dans la *Kommune*. Ses parents sont arrivés du Luxembourg quand Clara avait cinq ans. Ça veut dire qu'elle a connu la *Famille Nucléaire*.

– La justice, c'est pour les bébés !

Clara rit en exposant ses bagues, elles sont reliées par des élastiques entre les deux arcades dentaires. Récemment, elle a été amenée chez un orthodontiste *externe* et elle est revenue avec l'appareil dentaire dont les autres filles sont férocement jalouses. Kong a aussitôt esquissé son sourire métallique ; elle est sa *Muse* officielle du moment et doit lui rendre visite dans le Petit Atelier presque tous les après-midi, quand les autres font des travaux manuels. Au début, Clara semblait ne pas vouloir y aller, toute seule. Sa mère, Tessa, deuxième femme dans la hiérarchie, a dû l'amener et fermer la porte à clé pour être sûre qu'elle ne fasse pas de manières. Une fois, Loly l'a vue revenir de chez Kong, les joues rouges et la bouche toute pleine de chocolat. Les enfants savent que Kong a du chocolat chez lui, mais il est extrêmement rare que l'un d'eux en reçoive un morceau, sauf s'il a accompli quelque chose d'extraordinaire…

« J'ai faim. »

Loly doit éloigner l'oignon de sa bouche pour parler. Clara ouvre le réfrigérateur qui contient quantité de nourriture sur trois étages. Elle saisit un bidon de lait et en boit avec recueillement, les yeux mi-clos. Le lait déborde sur les commissures de ses lèvres et elle s'essuie la bouche du revers de la main. Puis elle sort un gros camembert qu'elle déballe et en coupe deux carrés. Elle mesure les deux bouts pour en donner le plus petit à Loly. Il a un léger goût d'oignon à cause du couteau.

– Pourquoi elle l'a cogné, en fait ?

– « Excédent d'agressivité relationnelle », réplique Clara, reprenant la formulation de Kong.

Elle grignote sa part de camembert. Avec ses oreilles légèrement décollées, elle ressemble à une grande souris. Loly avale le bout de fromage sans mâcher.

– Tu crois qu'elle voulait vraiment le blesser ?

Clara semble perdue dans ses pensées. La manche de son pull est remontée ; à l'intérieur de son avant-bras, il y a des morsures. Loly retient sa respiration.

– Bon, on y va, dit Clara.

Elle se lève et tire sur ses manches au passage, comme si elle avait froid. Dehors, la lune s'est levée et il fait moins sombre sur le chemin du retour. Quelques hérissons se baladent sur les pelouses et, de temps à autre, le chant d'un hibou retentit dans la nuit. Clara ne semble plus tellement pressée de retourner auprès des autres. À mi-chemin, elle saisit Loly par la main.

III.

Dans le poste de télévision, une énorme bouche se tord en produisant des cris dissonants. L'image est en noir et blanc et vacille. La femme à qui cette bouche appartient est vêtue d'une minijupe étrangement coupée, ses cheveux forment une crinière sombre, ses ongles sont pointus comme des griffes. Accrochée au-dessus de ses fesses, une queue de tigre ondule à chaque mouvement de ses hanches.

Avec fascination, Loly regarde le vidéoclip. « Voilà une *Petite-Bourgeoise* », pense-t-elle. C'est ainsi qu'on les leur a toujours décrites : maquillées à outrance et ornées d'un tas de bijoux.

« C'est Nina Hagen », lui souffle Ariane. Elle énonce le nom avec du respect comme si c'était une des premières femmes. Pourtant, c'est une *Externe*.

Elles se tiennent debout, à côté de la porte d'entrée du Petit Atelier. À côté d'eux, Gabriella tient son fils Vincent par le bras. Elle est en train de bavarder avec un homme blond et svelte que tout le monde appelle Teddy. Loly ne connaît pas son vrai prénom. Il est l'agent artistique de Kong, c'est lui aussi qui fournit les drogues dont Kong a besoin pour son inspiration. Loly entend les pleurs contenus de Vincent, mais elle ne tourne pas la tête.

Lors des activités de cet après-midi, il y a eu un incident. Chaque jour, les enfants doivent réaliser un *Projet Artistique*. Ici, on veut produire des enfants libres, il faut les plonger dans l'art au quotidien ou dans une version de l'art qui consiste à copier les œuvres des autres, à commencer par celles de Kong. Le matin, on dépose les enfants dans des chambres couvertes de bâches où on verse des quantités énormes de spaghettis ou de bouillie de semoule, pour l'*Action de Matériau :* nus, ils se roulent dans la nourriture, avalent la bouillie et s'en tartinent les orifices. L'après-midi, ils vont au bord de l'étang pour dessiner les nymphéas – comme Monet – ou, toiles et châssis sur le porte-bagages des vélos, ils font des excursions pour peindre les corbeaux au-dessus des champs de blé – comme Van Gogh.

L'actuel *Projet Artistique* consiste à réaliser une peinture murale collective dans le hall d'entrée du bâtiment qui abrite l'école interne. Pendant plusieurs jours, les Moyens ont fait équipe avec les Petits, le groupe d'enfants de deux à trois ans de moins. La peinture représentait un Minotaure entouré de vierges sacrifiées, d'après une récente œuvre de Kong, reprenant à son tour un motif de Pablo Picasso, un de ses artistes *externes* de prédilection. Depuis des semaines, il ne peignait que ça. D'abord, les enfants se sont roulés nus dans la peinture à l'huile pour ensuite laisser des empreintes des parties de leurs corps sur le mur, représentant les membres disséqués des sacrifiées. Pour le Minotaure, ils ont copié l'original de Kong en grand format sur papier-calque avant de le transférer sur le mur.

Dans le grand groupe des enfants, les plus âgés font la loi. Vincent fait l'exception. Avec ses quatre ans, il est parmi les plus jeunes. Or, le garçon est le chef incontesté des enfants. Étant le fils de Gabriella et de Kong, il a le droit et l'obligation de tout faire à sa guise. Kong et Gabriella l'incitent à l'insolence car ce trait de caractère, considéré comme un défaut pour les enfants ordinaires, est une qualité pour un futur *Chef de Groupe*. On le voit se balader sur le terrain en lançant des ordres aux adultes sur son passage. Une fois, Kong lui a ordonné de fouetter une éducatrice avec des orties fraîchement cueillies, parce qu'elle ne lui avait pas bien essuyé les fesses.

Au cours du « Projet Picasso », Vincent a développé un sérieux coup de cœur pour Loly. Il la suivait partout, se collant à elle avec son nez qui coulait. Il avait une demi-tête en moins qu'elle. Naturellement, Loly le prenait sous son aile. Elle lui retroussait les manches, lui lavait les mains et l'aidait à se moucher. Les autres enfants les regardaient avec suspicion. Mais Loly ne s'en faisait pas. Pour elle, Vincent était comme un petit frère inattendu ou, mieux encore, une poupée grandeur nature dont elle pouvait prendre soin. Gabriella avait été informée de cette nouvelle complicité et ne s'y opposait pas. Quand Vincent prenait la tétée, Loly devait le rejoindre. D'abord, elle était impressionnée par la proximité physique avec Gabriella. Son visage était fait de lignes verticales et ses cheveux formaient un heaume autour de son visage. Il existait comme un air de famille entre elle et Kong qui ne relevait pas de la physionomie. C'était le résultat d'une imitation minutieuse de ses gestes et de ses expressions : une façon de se tenir debout avec les jambes écartées et la poitrine bombée, de taxer les gens du regard comme s'il s'agissait d'objets en leur possession, de faire des sourires sous-entendant que l'on connaît les failles de chacun. Gabriella n'était pas la seule à avoir étudié Kong comme un tableau à reproduire, mais son imitation était organique, elle s'harmonisait avec le côté autoritaire de son propre caractère. Contrairement à Kong, qui pouvait passer du froid glacial au chaud tropical en l'espace d'une seconde, elle était insensible. La seule chose qui pouvait s'allumer au fond de ses yeux était la flamme du fanatisme. C'était la première fois que Loly était aussi près de son corps, qu'elle découvrait l'odeur de sa peau. D'abord, elle n'osait pas sucer le téton trop fort, mais au bout de quelques tentatives, elle retrouvait la rythmique qui faisait monter les gouttes sucrées. Il n'y avait presque pas de lait, mais ce n'était pas désagréable, d'autant plus que la tétée avait lieu au moment où les autres enfants rangeaient le matériel.

Ce matin, Gabriella avait annoncé que le projet était fini. Les travaux étaient plus ou moins achevés et elle semblait déçue du résultat. Elle proclama que le mur allait être repeint en blanc à la fin de la semaine, la qualité de la fresque étant trop médiocre pour une exposition permanente. Plusieurs enfants fondirent en larmes à cette annonce, mais Gabriella resta intransigeante. Il n'y avait que la partie qu'avait réalisée son fils qui sortait du lot. Or, le petit garçon avait manqué de concentration et Loly avait fait l'essentiel du travail à sa place. Bien sûr, ça ne lui serait pas venu à l'esprit de contredire Gabriella. Alors que les enfants devaient retourner dans leurs groupes initiaux pour un nouveau projet, Vincent refusa de revenir dans le sien.

« Je suis un Moyen » s'obstina-t-il.

Les éducateurs appelèrent Gabriella. À son arrivée, Vincent se mit à hurler. Gabriella essaya de l'interroger sur les raisons de son mécontentement, mais il ne fit que hurler davantage.

C'était aux autres enfants de l'éclairer sur la cause de son chagrin.

« Il fait une *Fixette* sur Loly ! », crièrent-ils d'une voix en la montrant du doigt.

Le visage de Loly s'empourpra. Mais Vincent n'eut pas l'air embarrassé. Il défia sa mère du regard en fronçant les sourcils. Puis il courut vers Loly et l'entoura avec ses petites mains. Tous les yeux faisaient des allers-retours entre les deux enfants et Gabriella. Elle jaugea son fils d'un regard froid. Puis, s'approchant de lui, elle tenta de l'entraîner avec elle. Le garçon s'accrochait de toutes ses forces à Loly, il continuait à pleurer désespérément. Elle se trouvait prise au piège, n'osant ni s'opposer à Gabriella ni se défaire de l'étreinte de Vincent. Sur les nerfs, Gabriella fit venir Ariane ; qu'elle s'occupe de son enfant ! Ariane arriva en courant, avec un visage de souris effarouchée. Mais elle ne réussit pas davantage à raisonner les enfants et elle osa suggérer de les laisser jouer ensemble afin qu'ils se calment tout seuls. Furibonde, Gabriella les amena chez Kong pour une réprimande.

Le clip de musique est terminé. Loly fixe le sol où la lumière de l'après-midi dessine des flaques carrées sur le parquet. Quand les pleurs de Vincent s'arrêtent net, elle lève les yeux. Kong porte une serviette autour des hanches, de l'eau dégouline de ses épaules. Ses bras et ses jambes paraissent fins comparés à l'énormité de son torse. La poitrine est couverte d'une laine sombre. Kong se place sous la lumière et toise l'assemblée. Que se passe-t-il ?

Gabriella lui expose le problème, sa rhétorique est chirurgicale. Chaque mot est une lame posée sur de la chair nue. Pendant sa tirade, Loly observe le corps ruisselant de Kong.

Vue de près, la toison sombre sur la poitrine est parsemée de blanc. La peau autour de ses aisselles est flasque et son ventre pend. Malgré sa taille impressionnante, c'est le corps d'un vieil homme. Cette découverte est choquante. Pourtant, elle sait que Kong est plus âgé que les autres adultes dont la plupart n'ont pas trente-cinq ans. L'idée lui vient que Kong mourra alors bien plus tôt que les autres, longtemps avant Ariane. Cette pensée l'effraie, elle lui procure aussi une étrange satisfaction ; comme le frisson bienfaisant à l'écoute d'une histoire du soir effrayante.

– Bien sûr, c'est toi qui décides, conclut Gabriella avec un sourire charmeur.

Kong ne semble pas intéressé par la querelle.

– Vous n'avez qu'à les couper en deux et garder chacune une moitié.

Malgré le ton léger de sa réponse, Loly sursaute légèrement.

– Tu vois bien qu'il est sous-exploité. C'est pour cela qu'il fait des crises. Il s'ennuie parce qu'il termine le premier et qu'il doit passer son temps à aider les autres…

Loly écarquille les yeux. Ce n'est pas vrai ! Vincent n'arrive pas à se concentrer sur une tâche au-delà de quelques minutes. Mais Kong ne la regarde pas. Il est d'accord qu'il faut éloigner les enfants l'un de l'autre. De toute évidence, Vincent a développé une *Fixette* sur la gamine.

D'une voix empâtée, Ariane tente une objection.

– Loly s'occupe de lui comme une grande sœur.

Kong la regarde comme s'il venait de constater sa présence.

– Et c'est une qualité, Ariane ? Qu'est-ce qu'elle t'a apporté, ta grande sœur ?

Quelque chose dans cette réplique fait taire Ariane définitivement. Elle donne l'impression de vouloir disparaître. Gabriella saute sur l'occasion pour la critiquer.

– Tu vois comment elle est. Ça ne m'étonne pas que Loly soit collante, avec cette mère incapable de mettre la moindre distance.

– Et toi, Gabriella, ne ferais-tu pas un peu la même chose avec ton fils ?

Comme pour souligner les dires de son père, Vincent a un hoquet.

– Moi, je veille sur son éducation artistique. *Notre* fils est un enfant prodige et il lui faut une stimulation permanente.

Une ligne raide s'est formée entre les sourcils de Gabriella.

– Génie ou pas, il ne pourra pas se développer s'il reste fourré dans les jupons d'une femme. Même si ce sont les tiens, Gabriella, plaisante Kong avec suffisance.

– Je ne porte plus de jupe depuis mes quinze ans, réplique sèchement Gabriella. Tu ne me fais pas confiance ? Si tu me confies la gestion de l'éducation des enfants, il faut bien que je sois vigilante.

– Et pourtant, tu viens me voir à la première occasion pour me demander mon avis !

Kong se laisse tomber sur le canapé. Teddy se dépêche de lui apporter un petit sachet. Il contient de la poudre blanche qu'il verse sur la table basse et divise en deux lignes à l'aide d'un couteau. Kong utilise la petite paille pour aspirer un trait de poudre par la narine.

– Je vois que tu es trop occupé pour songer à l'avenir artistique de *ton* fils…

Instinctivement, Loly rentre sa tête entre ses épaules. Elle est toujours stupéfaite du ton que Gabriella se permet de prendre avec Kong. Personne d'autre ne lui parle de la sorte.

Kong inhale la deuxième ligne de poudre par l'autre narine. Puis, d'un air calme, il donne son verdict : les deux enfants seront séparés et Vincent intégrera le groupe des Grands en tant que chef. Ce défi lui permettra de prouver qu'il a ce qu'il faut pour devenir un vrai chef. Car le talent seul est vain si l'autorité n'est pas au rendez-vous !

Loly sent Ariane remuer à ses côtés. Ça ne fait guère sens de mettre Vincent dans le groupe des Grands ; il sera incapable de guider ni même de comprendre les jeux et activités prévus pour leur âge. Gabriella ne dit rien, mais son visage affiche une expression docile. L'affaire semble close. Loly pousse un soupir intérieur. Certes, elle ne pourra plus s'occuper de Vincent, mais au moins, elle pourra retrouver la routine de son groupe. Pendant la semaine passée, elle a cru marcher sur des œufs ; l'attention de Gabriella était plus déconcertante qu'autre chose.

« Enlevez-moi ces deux morveux. »

Kong se lève et balaie son fils d'un regard méprisant. Négligemment, il ôte la serviette de ses hanches et se sèche les oreilles en penchant la tête sur le côté. Son sexe se trouve près du visage de Loly. Il pendule légèrement. Loly est habituée à la vue de corps d'adultes nus, mais elle n'a jamais vu un sexe d'homme de si près. Elle le considère, objet étrange. Kong s'approche d'elle.

« Qu'est-ce qui t'intéresse, ici ? »

Prenant son sexe dans la main, il l'agite contre le visage de l'enfant, comme pour s'essuyer avec. Loly s'est immobilisée comme un petit animal en état d'alerte. Son cerveau a enregistré le contact de la chair molle qui pourtant a frappé sa joue avec une certaine brutalité. Mais il y avait un autre aspect. Au fond de la mollesse somnole un danger : une menace de meurtre énoncée avec un sourire. C'est cette chose que le cerveau de l'enfant ne parvient pas à saisir. Son corps l'a enregistrée et l'information se transmet jusque dans ses extrémités. Elle s'inscrit dans l'architecture de ses synapses.

Le geste a duré à peine deux secondes. Kong lance une remarque amusée à l'adresse de Teddy et s'en va dans la chambre voisine. Teddy se précipite pour le suivre.

La température de la pièce a changé. Les corps autour d'elle se sont figés en même temps que le sien, même celui de Gabriella, musclé et solide. Ariane paraît effacée, c'est à peine si on l'entend respirer. Seul Vincent est immergé dans sa propre souffrance. Il essaie toujours de contenir son hoquet et Loly est envahie d'une vague d'empathie. D'un saut, elle dépasse les corps des adultes qui s'interposent entre eux et, atterrissant de l'autre côté, elle plonge dans l'émotion de l'enfant comme si elle passait le seuil d'une maison. C'est une chambre moite. À l'intérieur, elle retrouve les sensations de la petite enfance : l'odeur du lait et des couches mouillées, le goût iodé de sa morve.

– Je me chargerai de ces deux-là !

La voix de Gabriella découpe l'air en petits morceaux.

– Je peux les raccompagner dans leurs groupes respectifs, propose Ariane.

Gabriella la fusille du regard.

– Tu as causé assez d'ennuis aujourd'hui.

Elle saisit les enfants par la main et sort avec eux dans le couloir, Ariane les suit à pas feutrés. Loly marche aux côtés de Gabriella sans se retourner.

L'enfant est seule. Elle soulève les objets sur la table pour évaluer leur poids. C'est donc ici qu'Ariane passe ses journées, dans cette pièce sans lumière. Loly a profité d'un flottement pendant la mise en place des activités de l'après-midi pour se rendre dans son bureau. Il se trouve au rez-de-chaussée du bâtiment annexe, c'est la dernière porte au bout du couloir. Mais Ariane n'est pas là. C'est étrangement calme. Loly ouvre la fenêtre ; on n'entend rien, à part les oiseaux. Elle se demande ce qu'Ariane peut bien faire ici, seule du matin au soir.

Doucement, elle décroche le téléphone et enroule la corde autour de son doigt. À l'époque où Ariane et elle habitaient dans la même chambre, elles dormaient ensemble dans le grand lit. L'après-midi, la pièce était inondée de soleil. Tout le long du mur, Ariane avait accroché des dessins où une lettre de l'alphabet était associée à l'image d'un animal. En la changeant, Ariane chantonnait : « A comme abeille, B comme brebis, C comme caméléon… » Allongée sur la table à langer, Loly étudiait les images avec fascination. Sur la table, il y avait un téléphone vert foncé. Quand Loly était malade, Ariane n'avait qu'à décrocher le combiné pour joindre la ligne interne et commander le repas. Peu après, on le leur apportait dans la chambre : une grande assiette pour Ariane, un bol de purée pour Loly qu'elles mangeaient assises côte à côte sur le lit.

L'enfant écoute le son émanant de l'intérieur du combiné. Au hasard, elle appuie sur une touche. Personne ne répond. Elle parle à voix basse.

« Bonjour, Oma, c'est moi, Loly, la fille de ta fille. Tu peux m'envoyer un Monchhichi ? »

Elle fait mine d'écouter la réponse de sa grand-mère en hochant la tête. Elle ne se souvient pas d'elle, mais Ariane lui a raconté qu'elle était venue en visite quand Loly était bébé. Parfois, elle lui envoie un colis par la poste. Aucun enfant ne possède ses propres jouets, tout se partage ici. Or, parfois, ils ont le privilège de garder un cadeau du *Dehors*.

À son dernier anniversaire, Olivia a reçu un petit singe en peluche, envoyé par sa mère depuis un autre continent. Il est tellement mignon et fait rire tout le monde avec sa petite tête débonnaire en plastique rose. Quand on lui met le pouce dans la bouche, il a l'air de le sucer comme un bébé. Pour Loly, c'est le plus beau des jouets, même s'il a déjà un œil éraflé. Olivia joue avec tous les jours et seulement quand elle n'en a plus envie, les autres enfants ont le droit de le prendre. Parfois, sous prétexte d'aller aux toilettes, Loly court à la chambre où dort Olivia pour serrer la peluche dans ses bras et lui chuchoter à l'oreille : « Monchhichi, tu es à moi, je ne te laisserai jamais seul. » Elle embrasse sa tête pelucheuse et a un peu honte.

Elle a l'impression soudaine qu'un long temps a passé. Il faut qu'elle retourne dans son groupe avant qu'on ne remarque son absence.

« Au revoir, Oma. N'oublie pas mon Monchhichi ! »

Loly raccroche le téléphone et se dirige vers la sortie, faisant glisser une main sur la tapisserie. À côté de la porte, sur le mur, il y a un bouton rouge, c'est l'alarme d'incendie. Il y en a dans toutes les chambres, c'est à cause du grand incendie. Ça s'était passé avant sa naissance, mais tous les enfants connaissent cette histoire. Un jour, un feu se propagea dans les étables. Les animaux hurlèrent et cognèrent avec les sabots contre les portails. Les gens accoururent avec des tuyaux et des seaux d'eau pour l'éteindre, mais le feu était trop violent. Au crépuscule, des colonnes de fumée noire montaient dans le ciel. L'odeur de viande brûlée se répandit sur la propriété, une odeur qui allait perdurer pendant des semaines. Le jour de l'incendie, parmi les animaux, il y avait une truie. Elle venait de mettre bas quatre porcelets. Pendant que les animaux, paniqués, se cabraient, la truie s'était couchée sur ses petits pour les couvrir avec son corps. Elle brûla vive. Quand on put ouvrir les étables pour dégager les cadavres des animaux, on découvrit les quatre porcelets couchés sous son ventre. Ils étaient roses et vivants.

Le bruit d'une sonnerie la sort de ses pensées. Au ralenti, Loly tourne la tête et voit que son index pousse sur le bouton rouge. L'alarme retentit dans tous les bâtiments en même temps, c'est assourdissant. Avec une sensation de rêve, elle retire le doigt. Le temps s'accélère. Elle sort du bureau en courant. Par chance, elle ne croise personne dans le couloir. Quand elle arrive à la porte, tout le monde est en train de sortir en même temps, ça se bouscule. L'alarme sonne toujours sans rémission. Loly aperçoit la tête de Gustav et se fraie un chemin vers lui, se glissant à ses côtés. Les enfants crient tous en même temps et piétinent dans les grands tas de feuilles mortes. Les éducateurs les interpellent pour qu'ils se mettent en rangs par groupes. Loly reste immobile jusqu'à ce qu'une main passe sur sa tête.

La sonnette s'arrête. Tessa apparaît à l'entrée du manoir. Elle appelle à haute voix pour attirer l'attention.

« Fausse alerte ! »

Le mot se répand sur toutes les lèvres.

« L'alarme a été déclenchée dans le bureau des voyages » explique Tessa. « Pourtant, Ariane est malade. Peut-être que c'était de mauvais contacts… On va mener l'enquête. »

Une sensation de chaleur envahit sa nuque. Malgré elle, Loly tourne la tête. Bal se tient à quelques mètres d'elle et l'observe d'un air curieux. Quand leurs regards se croisent, l'expression de son visage change et ses yeux se mettent à briller. Elle serre les lèvres pour empêcher le fou rire de s'échapper. Puis, Bal tourne la tête pour écouter la discussion des autres. Loly, aussi, tourne la tête, écoute les enfants et au bout de quelques minutes, elle a oublié ce qui vient de se produire dans le bureau d'Ariane : l'attente dans la pièce vide, l'envie irrépressible de son doigt d'appuyer sur le bouton rouge et sa course désespérée à travers le couloir. De nouveau, elle se fond dans la masse.

IV.

Pendant la nuit, tant de neige est tombée qu'au matin les sorties des maisons sont bloquées et il faut attendre le passage de la déneigeuse avant de sortir. De l'autre côté de la cour, on aperçoit le toit de l'école vêtu d'un manteau blanc ; le bâtiment est à une cinquantaine de mètres du manoir et il est impossible de s'y rendre.

Depuis quelques semaines, Loly va à l'école. Après qu'on a remarqué qu'elle savait lire et écrire, on lui a permis de participer aux cours du matin. Il y a un tapis de gymnastique au fond de la classe et quand Loly ne tient plus sur sa chaise, elle peut y aller pour se reposer et faire des galipettes. Loly est ravie de passer la matinée auprès de Bal qui a intégré la première classe à la dernière rentrée. En tout, il y a une quarantaine d'élèves, de la primaire jusqu'à la seconde du lycée. L'art occupe une place centrale dans l'emploi du temps, même si on suit dans les grandes lignes le programme scolaire autrichien. Une fois par an, la visite de l'inspecteur des écoles est annoncée et dans ces moments est créée une grande illusion. Mais pour Loly, l'école est cet endroit magique où, pendant quelques heures de la journée, elle est jugée sur ses capacités intellectuelles. À l'école, il semble y avoir quelques règles immuables : trois fois trois font neuf, à n'importe quelle heure de la journée, qu'il pleuve ou que le soleil brille.

En fin de matinée, on a fini de libérer les sentiers, mais il n'est plus question d'aller à l'école aujourd'hui. L'appel de Kong se répand à travers les étages : « Au sauna ! » À la va-vite, on se prépare. Le sauna est un rituel qui fait partie de leur quotidien, même pendant les mois les plus froids de l'année. Les *Kommunards* veillent à garder leurs corps sains et bien entretenus : ils ne fument pas, boivent peu d'alcool et se nourrissent de produits frais de la campagne, en partie cultivés par eux-mêmes. Au sauna, ils se frottent avec des brosses à poils durs afin de se faire une peau neuve et rose comme celle des porcelets. Après la séance, tous et toutes sortent, nus et fumants, pour s'enduire de neige ou se jeter à corps perdu dans les congères. Loly déteste le sauna ; la chaleur sèche lui fait mal aux poumons. Aujourd'hui, Kong lui-même se charge des projections d'eau : il arrose les pierres abondamment à l'aide d'une louche, puis, avec des coups de serviette énergiques, il ventile l'air chaud dans les rangées. Les personnes visées gémissent sous la chaleur comme si elles recevaient une bénédiction. Ensuite, il fait tournoyer la serviette au-dessus de sa tête, de plus en plus vite. Maintenant, il n'y a plus d'échappatoire. La serviette devient une toupie diabolique qui enflamme l'air. Les genoux repliés, Loly baisse la tête et respire l'air dans le creux de ses jambes, craignant succomber dans ce brasier. Mais se lever et sortir au milieu d'une séance de Kong serait pire que mourir, ça serait vivre dans les flammes éternelles.

Après le déjeuner, les enfants enfilent des combinaisons de ski et la journée s'étire. La grande colline ressemble à une noix de chantilly, encore immaculée. Aussitôt, les Grands accaparent les luges en bois et, à deux ou à trois sur une luge, ils descendent la colline à toute allure en laissant des traces grises. L'hiver peut apporter plusieurs jambes cassées, mais ça ne les empêche pas d'aller toujours plus vite et de se heurter exprès en descendant. Loly arrive à se procurer un petit bob orange et elle est contente de ne pas se retrouver à pratiquer la luge sur un sac-poubelle. La neige est une masse tendre, mais en dessous, il y a des cailloux et des racines. Quand on descend la colline sur un sac-poubelle, on sent la moindre rugosité du sol et ça peut faire très mal aux fesses. Malgré le ciel bleu, le froid est glacial. Quel plaisir de glisser sur la colline et de la remonter, encore et encore. Le souffle dessine des nuages devant la bouche et elle finit par avoir chaud.

À la tombée de la nuit, les enfants sont toujours sur la colline. Deux boules de glace se sont formées sous la peau de Loly, une à gauche, l'autre à droite. Pendant que les enfants rentrent pour se changer, Loly doit aller chez Sibylle pour se faire décongeler les joues. Sibylle est infirmière et, à ce titre, elle est la seule personne à *Fortuna* capable d'expertise médicale et de fait responsable du bien-être de plusieurs centaines de personnes. Elle lui met un gant de toilette tiède de chaque côté du visage et Loly doit rester assise, la tête penchée en arrière. D'abord, elle ne sent rien, mais quand la glace se met à fondre, elle a l'impression qu'on lui découpe les joues de l'intérieur avec des lames.

« Ce n'est pas possible ! » répète Sibylle. « Comment n'ont-ils pas remarqué que tes joues se congelaient ? »

Quand les lames de rasoir se transforment en picotements, Sibylle ôte les gants et embaume ses joues d'une pommade grasse. Puis elle accompagne Loly à la salle à manger et, arrivée à la table des Moyens, demande qui était responsable des enfants lors de la séance de luge. Mais les éducatrices ne savent pas qui était en charge d'eux pendant la journée et les enfants n'écoutent pas la conversation. Affamés, ils dévorent le goulasch.

La soirée de la *Performance du Moi* bat son plein. Ce sont ces improvisations ritualisées que présentent les adultes dans la Salle d'Expression afin de finir la journée dans un paroxysme d'autoflagellation publique. Kong a développé cette pratique originale depuis les débuts, à Vienne, le but étant de se libérer des blocages émotionnels et sexuels en retraversant les étapes de l'enfance jusqu'à faire exploser le *Blindage du Corps*. Parfois, Kong prenait lui-même le rôle du parent supposé violent ou pervers, il n'hésitait pas à donner des claques, à presser du poing le ventre du « patient » pour garantir l'efficacité maximale de son traitement. Au fur et à mesure, l'aspect théâtral a pris le dessus. Chaque soir, d'autres individus sont convoqués sur le plateau et à la fin de leur prestation, ils sont applaudis ou réprimandés, Kong les félicite ou il leur verse de l'eau froide sur la tête. Les meilleurs performeurs peuvent être récompensés par une ascension sociale.

Les enfants assistent à la soirée, les plus petits sur les genoux de leurs mères, les grands assis à même le sol devant les chaises, en demi-cercle. La plupart des adultes et quelques adolescents portent des costumes rayés, c'est la nouvelle mode lancée par Kong, en hommage à un film d'un clown *externe*, Charlie Chaplin, où il joue un évadé de prison. Les costumes à larges rayures bleues et blanches ont été fabriqués en grand nombre dans l'atelier de couture interne. L'allure de prisonnier est accentuée par leurs cheveux courts, certains portent des casquettes, rayées aussi. Loly suit les événements avec des paupières lourdes. Il ne faut surtout pas s'endormir, car un simple bâillement peut être vu comme un signe de défaillance, s'il se fait remarquer au mauvais moment.

C'est au tour d'Hubert. Nu, en position fœtale, il se tord comme un ver de terre sur une route asphaltée. L'homme à la calvitie naissante joue à l'enfant inconsolable. « Pourquoi ne m'as-tu jamais pris dans les bras ? », énonce-t-il avec de gros sanglots à l'adresse d'une mère imaginaire. Puis il se met debout et se fige, jambes écartées. Tout le monde attend, le souffle coupé, le moment de la libération de ses énergies vitales. Il serre les poings, son visage et son cou se remplissent de sang et on a peur que sa tête ne se détache de son corps. Son cri est monstrueux et fait trembler les murs. Loly résiste à l'envie de se boucher les oreilles. Il sautille comme pour se défaire des dernières tensions, puis ses mouvements deviennent fluides. Il commence à presque planer sur le sol, un sourire béat sur le visage. Gabriella l'accompagne au piano d'un standard de jazz, l'audience tape des mains, Hubert ressemble à une abeille planant au dessus de champs de fleurs. Quand il s'arrête, à bout de forces, les applaudissements sont assourdissants. Les adultes lancent des compliments, les enfants chantent son nom en scandant les syllabes. Gabriella improvise un hymne, mi-héroïque, mi-ironique, et Kong vient sur le plateau pour le serrer dans ses bras. Hubert, qui a deux têtes de moins que lui, disparaît dans le creux de son aisselle. Quand il ressurgit, ébouriffé, une larme coule sur sa joue. Kong lui donne une tape amicale sur l'épaule.

« Performance extatique » le félicite-t-il. « Même si, à la fin, tu as surjoué. »

Hubert vient s'asseoir dans le public et on lui passe un verre de cidre ; une exception ce soir.

Après lui, c'est à Jeannine, une jeune femme dont le corps est parsemé de taches de rousseur. Elle arrive sur le plateau en sous-vêtements et avec un sourire convaincant. Sa performance démarre par une danse énergique ; elle galope en rond sur le plateau comme un cheval de parade. Amusé, Kong frappe le rythme, l'audience suit. Loly prend soin de garder une mine attentive tandis qu'elle se met les doigts dans le nez et suce sa morve. De toute façon, toute personne qui passe après Hubert a peu de chance de réussir. Et en effet, juste au moment où Jeannine commence à entrer dans une transe par des rires saccadés, Kong l'interrompt.

« Qu'est-ce qui t'arrive ce soir, Jeannine ? » Il la rejoint sur le plateau en quelques pas. « On sait que tu es une *Clitoridienne.* Mais je ne vois rien d'authentique chez toi. Tu es où, là-dedans, hein ? »

Il la secoue et lui donne de petites tapes sur les deux joues. Jeannine se laisse malmener comme un brin d'herbe.

– J'essaie, pourtant…

– Qu'est-ce que tu essaies, donc ?

Kong tire sur son cigare et lui envoie la fumée au visage en mimant l'inspecteur.

– Au fond, tu as envie d'être vilaine, mais tu n'oses pas nous le montrer. Admets-le !

– Oui, c'est vrai, je suis vilaine.

– Assume-le, alors. Merde !

Jeannine fait la moue et tire Kong par le bras.

– Je suis une vilaine petite fille qui ferait tout pour plaire à son papa chéri.

– C'est vrai, tu feras tout ce que je te demande ?

Kong sort la langue, jouant le père obsédé.

– Bien sûr papa chéri que j'adore…

– Tu me dégoûtes !

Kong la saisit au menton et la regarde sévèrement. Jeannine hésite, se demandant si la dernière réplique est toujours un jeu. Puis, elle fond en larmes.

– Qu'est-ce qu'il y a de si grave ? Je n'ai pas raison ?

– Si, si… Excuse-moi…

Jeannine hoche la tête plusieurs fois, sans arrêter de pleurer.

– Et voilà… Toujours la victime ! Je ne suis pas en train de t'envoyer au « KZ »[1].

Les pleurs de Jeannine s'arrêtent et elle a l'air de s'absenter de son corps. Un silence lourd s'installe dans la salle, l'atmosphère se densifie comme s'ils étaient mis sous cloche. Loly n'a jamais entendu ce mot. Elle se demande ce qui peut être si terrible à l'idée d'y être envoyé, s'imaginant un endroit peuplé de chats[2]. Kong s'est tourné vers la salle.

« Quoi donc ? Je n'ai pas raison ? Elle ne supporte pas la moindre critique, mais elle se permet de nous ennuyer avec ses *Performances du Moi* factices et bancales. Qu'est-ce qu'il y a de si terrible de dire ça ? Elle joue à la pauvre petite juive, mais ça ne marche pas avec moi. Et de plus, elle me fait passer pour le grand méchant, c'est systématique. »

Des rires peu convaincus se font entendre.

« C'est l'éternelle victime, mais nous autres, aussi, nous avons souffert. » Il revient vers Jeannine qui affiche à présent un sourire figé. « Tu n'y étais même pas, il faut arrêter de transmettre les phobies de tes parents. »

---

1 KZ (*das Konzentrationslager* en allemand) = camp de concentration.

2 Le chat = *die Katze* (allemand).

Mécaniquement, elle hoche la tête. Kong met le bras autour de ses épaules.

« Allez, il n'y a pas mort d'homme. Même pas de femme ! »

Tout le monde rit et applaudit.

« Va t'asseoir ! » Il la relâche comme un enfant qui se désintéresse de son jouet. Jeannine a toujours l'air pétrifiée, mais elle quitte le plateau tout de suite.

« Bah... Donnez-lui un verre de cidre. Après tout, c'est Noël ! »

Gabriella prend la parole et suggère de reléguer Jeannine de trois places dans la hiérarchie et de la charger du nettoyage de la porcherie : « Ça lui permettra de se confronter à la puanteur de la vie. » Kong accepte la proposition puis il s'assoit et discute avec Gabriella et les autres femmes du premier groupe. Loly ne parvient plus à contenir son bâillement, ses joues sont devenues chaudes et rouges. Mais elle sait que ce n'est pas terminé pour ce soir.

Pour les enfants de la *Kommune*, la période de Noël n'a pas de signification particulière. Parfois, on reprend quelques rituels païens pour les occuper. L'an dernier, un grand sapin avait décoré le hall et ils avaient bricolé des étoiles en papier mâché. Et cette année, le soir du 5 décembre, ils ont ciré leurs bottes et les ont rangées devant les portes des dortoirs. Le matin, les enfants chanceux ont découvert des oranges et des noix dans les chaussures étiquetées à leur nom tandis que les mal-aimés ont trouvé de la pierraille entassée jusqu'en haut de leurs bottes. Cette humiliation symbolique annonçait la couleur. La visite du Krampus était attendue pour le 24 décembre, en guise de spectacle de Noël. Il s'agissait d'un terrible monstre du *Dehors*, hirsute et sauvage, qui venait châtier les mauvais enfants. Même si Loly savait qu'il s'agissait là d'une mise en scène et que le Krampus serait joué par Franz, elle était terrifiée. À la Saint-Nicolas, elle a obtenu deux belles oranges, mais elle ne se sent pas rassurée : la seule idée que ce monstre se trouve dans la même pièce qu'elle lui donne des frissons.

Kong bavarde toujours en crapotant sur son cigare. Tout le monde attend la suite et Loly sent la nervosité monter dans les corps qui l'entourent. Bal est assis à sa gauche. Le matin de la Saint-Nicolas, il a reçu une mandarine dans une botte et un gros caillou dans l'autre. Ce soir, il n'est pas à l'abri d'une mauvaise surprise. Tout le monde se doute de qui seront les enfants punis par le Krampus, mais ça peut toujours changer à la dernière minute.

Avec fracas, la porte s'ouvre et Katharina entre. Essoufflée et balbutiante, elle rapporte avoir vu le Krampus arriver en courant au-delà des champs.

« Allons le découvrir nous-mêmes. » Avec un sourire malicieux, Kong saisit la télécommande. D'abord, l'image est brouillée, mais au fur et à mesure, on distingue la route enneigée qui mène à la propriété. Le vent fait saturer le microphone lorsque la caméra longe le mur. Elle s'arrête sur le grand portail avec un zoom. Au bout de quelques instants, une grande silhouette surgit, elle ouvre la porte et se glisse à l'intérieur. Les premiers cris se font entendre dans la salle. La caméra poursuit l'ombre qui avance à grands sauts sur la pelouse. Quelques petits commencent à pleurer. Les autres regardent l'image, tétanisés. Arrivé devant la porte de la salle, le monstre se retourne vers la caméra et sa grimace apparaît en gros plan : c'est un masque en bois affreux et cornu, la tête est couverte d'une toison. Il soulève une patte et le bruit retentit en même temps sur l'écran et à la porte. Les enfants se tournent d'un seul mouvement.

« Ce n'est que Franz. » Loly a beau se le répéter intérieurement, son cœur s'est arrêté. Le monstre pénètre dans la salle en faisant sonner les chaînes autour de son corps. Il jette des regards à droite et à gauche, puis il avance en clopinant vers les rangées des enfants. Kong enjoint à Martin et Klaus de le retenir. Ils se lèvent d'un bond et s'approchent de la bête, les paumes de mains levées, avant de le saisir par les chaînes. Le monstre gronde. La panique a repris le dessus dans la salle. Tous les enfants hurlent. Retenu par les chaînes, le Krampus devient de plus en plus furieux. Klaus et Martin doivent le retenir de toutes leurs forces. Kong énonce les prénoms de six garçons dans le microphone. Chaque nom tombe comme un arrêt de mort. Les nominés crient et secouent la tête, Milo se cache sous les bancs. Des adolescents les attrapent pour les entraîner sur le plateau. Ils finissent tous par y aller, de gré ou de force. Avec un cri de satisfaction, le Krampus les saisit, l'un après l'autre, les soulevant en l'air comme pour les croquer. Puis il les retourne, tête en bas, et leur envoie des coups de patte au visage. Ses victimes rient et pleurent en même temps. Kong s'est levé de son fauteuil et donne des consignes au Krampus, tantôt il l'encourage, tantôt l'appelle à la modération.

Bal se tient droit, les yeux rivés sur le plateau, sans expression visible. Loly le pince dans le flanc pour le féliciter d'avoir échappé au châtiment, mais il ne réagit pas. C'est alors qu'elle remarque une tache sombre à l'entrejambe de son pantalon qui s'agrandit doucement. Son cœur bat à tout rompre, mais personne ne semble leur prêter attention. Bal regarde toujours la scène, son corps tremble de façon imperceptible. Elle s'étire pour bâiller et, dans le même mouvement, enlève son pull-over. Comme en passant, elle le dépose sur les genoux de Bal pour cacher la tache d'urine. Il a baissé la tête, les tremblements de son corps s'atténuent. Sur le plateau, le Krampus continue à malmener les garçons, mais le spectacle a pris un aspect ludique. Les enfants crient des insultes à son encontre, des rires se répandent dans la salle. Les plus téméraires ont gagné le plateau pour le défier ; ils le bousculent et tirent sur la toison. Franz, sous son masque, paraît exténué, il chancelle à plusieurs reprises. Loly pousse un soupir : Noël est presque terminé.

V.

C'est la première fois qu'elle est à Vienne, la première fois tout court qu'elle est ailleurs. Loly est assise à une table de café. À travers les vitres embuées, elle voit défiler les voitures dans la rue. Les réverbères viennent de s'éteindre.

Ce matin, la voix d'Ariane l'a sortie du sommeil. L'enfant a perçu une ombre penchée sur son lit.

– On va faire un voyage.

– Où ?

À moitié endormie, l'enfant a parlé à voix haute. Les autres enfants dormaient dans des lits superposés.

– Chut... Nous allons rendre visite à Oma.

– Maintenant ?

Loly était trop surprise pour parler doucement, elle a mis du temps à comprendre qu'il fallait se lever.

– Chut... On va à Vienne pour prendre le train. Habille-toi.

La voix d'Ariane était fraîche comme le petit matin.

Sur une route invisible, la voiture a parcouru l'obscurité. Les lumières des phares perçaient la brume matinale ;

de temps à autre, un tracteur croisait leur chemin. Loly était assise sur le siège arrière, le corps raidi par le froid. Le trajet à travers les champs blancs avait quelque chose de fantomatique. Elle se disait qu'une chose extraordinaire était sur le point de se produire.

Le jour se levait quand elles sont arrivées à Vienne. L'ambiance dans les rues était calme, mais pour Loly c'était un spectacle : des façades de maisons à perte de vue, les réverbères, les voitures, les larges routes avec des trottoirs pavés, les chiens qui se baladaient au bout de laisses tenues par des femmes en jupe plissée… La ville était pleine de lumière et de mouvement ; elle collait le nez contre la vitre pour ne rien rater.

Ariane a garé la voiture près de la gare de l'Ouest. Elle a emmené Loly dans un café et lui a commandé une limonade.

« Je vais aller appeler Oma. Tu m'attends ici. »

Une note amère remplit l'air. À côté de la porte d'entrée, des gâteaux à la crème tournent dans une vitrine. De grands lustres au plafond plongent la salle dans une lumière chaude et le comptoir est décoré avec des guirlandes rouges. C'est cette ambiance saturée et confortable à l'excès de Kaffeehaus viennois que Loly ne connaît pas. Elle imagine se transformer en poisson et naviguer à travers l'espace du café, nageant jusqu'au plafond, s'allongeant dans le lustre et s'y balançant jusqu'à s'endormir.

Mais ce n'est pas un aquarium et Loly n'est pas un poisson. Elle n'a pas l'habitude d'être seule dans un Kaffeehaus, entourée d'un tas d'*Externes*. En entrant, un inconnu jette un regard circulaire et salue à haute voix : « Grüß Gott ! » Loly regarde autour, mais personne ne semble se sentir concerné par sa salutation. D'autres adultes sont assis à des tables, à deux ou tout seuls, remuant avec leurs cuillères dans leurs tasses. Ils n'ont rien à voir avec la représentation qu'elle se fait des *Petits-Bourgeois*. Personne n'est maquillé à outrance, ils ont juste l'air vieux et fatigués.

Ariane n'est toujours pas de retour. L'air est épais, sirupeux. Des flocons de citron flottent dans son verre comme de minuscules poissons morts. Les larmes ont commencé à couler de ses yeux.

« Qu'est-ce qui t'arrive, mon chéri ? » La serveuse a remarqué l'enfant en pleurs et passe une main dans ses cheveux courts. Le geste, censé la calmer, produit l'effet inverse, comme si la serveuse avait appuyé sur le bouton du volume.

« Voyons… Qu'est-ce qui ne va pas ? » Sa bouche dévoile des dents énormes. Elle a l'air d'un cheval blond. Loly est vraiment inquiète, maintenant.

« Comment t'appelles-tu, mon petit ? »

L'enfant la fixe d'un air béat, cherchant en vain une phrase pour lui expliquer qu'elle est une fille.

« Tu attends le retour de ta Mama ? »

Le mot fait déferler un nouveau raz-de-marée. Ariane. Elle l'a abandonnée chez l'inconnue à la tête de cheval.

« Ne t'inquiète pas, elle va revenir d'une minute à l'autre. Les mamans finissent toujours par revenir ! »

Plus la tête de cheval se donne de la peine, plus Loly s'enfonce dans sa détresse. Irritée par l'intensité de sa crise, la serveuse retire sa main.

« Sois sage ! Tu déranges les clients. »

Loly crie davantage qu'elle pleure, elle ressemble à un énorme nourrisson. Depuis des semaines, elle n'a plus donné libre cours à ses larmes, ça fait du bien et du mal en même temps, comme s'uriner dessus après s'être retenue trop longtemps.

La serveuse s'éloigne en râlant à voix basse contre le garçon pleurnicheur. Loly est seule dans l'œil du cyclone, une éternité, jusqu'à ce qu'Ariane fasse son apparition, une expression de culpabilité sur le visage. Loly montre du doigt Tête-de-cheval, avec un regard accusateur.

« Oma ne pourra pas nous accueillir. »

Doucement, l'enfant se calme.

« … Elle part en vacances. »

Il y a quelque chose d'indécis dans sa voix. Ariane a dû faire sonner le téléphone longtemps avant que sa mère décroche. Quand elle lui a annoncé qu'elle était à la gare, prête à prendre le train pour l'Allemagne, sa mère l'a interrompue. « Ça tombe mal… » lui a-t-elle dit, elle s'apprêtait tout juste à partir en voyage elle-même. Il y avait une once de soulagement dans sa voix. La dernière visite de sa fille datait de plus de dix ans : Ariane s'était présentée le crâne rasé, en salopette, et avait passé le week-end à la couvrir de remarques désobligeantes.

Plus tard, sa mère était venue en Autriche à la naissance de Loly. Le bébé avait eu une semaine de retard et, au grand soulagement d'Ariane, Kong avait consenti qu'elle accouche à l'hôpital de Vienne et non à domicile comme la plupart des femmes ici. L'idée de donner naissance entourée d'une foule de gens, avec une caméra pointée sur son entrejambe, l'avait angoissée davantage que de mettre au monde un enfant. Sa mère était présente pendant les onze heures qu'avait duré son accouchement. Son corps discret (qui avait connu huit grossesses dont six menées à terme) témoignait de la possibilité de survivre cette épreuve terrible. Elle demeura à ses côtés les jours suivants jusqu'à ce qu'Ariane quitte l'hôpital. En même temps qu'elle accueillait sa fille, Ariane avait sa propre mère rien que pour elle, c'était une parenthèse heureuse.

Sa visite suivante s'était moins bien passée. Lorsqu'elle était venue à *Fortuna* pour le premier anniversaire de Loly, quelques heures en présence de Kong avaient suffi pour la faire repartir. Dorénavant, elle se contentait d'envoyer des colis à sa petite-fille.

Prise au dépourvu, Ariane ne parvenait pas à dire à sa mère qu'il ne s'agissait pas vraiment d'une visite, cette fois-ci. En arrière-plan, elle entendait la voix d'un homme l'appeler par son prénom et sa mère lui répétait que le moment n'était pas propice. Après avoir raccroché, Ariane avait parcouru son petit carnet d'adresses rouge, son unique propriété privée. Elle n'avait le numéro d'aucun de ses frères et sœurs qui avaient tous quitté la maison entre-temps.

« Et si on allait seules en Allemagne ? Nous pourrions habiter chez Oma en attendant qu'elle revienne. »

Loly réfléchit au sens des mots qu'Ariane vient d'énoncer.

« Ça pourrait être amusant… Oma sera contente de te voir à son retour. » Puis Ariane ajoute cette phrase qui peine à sortir de sa bouche : « Et nous pourrons passer du temps ensemble, toi et moi. »

À nouveau, l'eau salée déborde des yeux de l'enfant. Loly a envie de rendre visite à cette Oma qui lui a envoyé des cadeaux, elle a envie de passer du temps avec Ariane. Mais en même temps, elle veut s'éloigner de toute cette étrangeté. Instinctivement, elle comprend qu'Ariane est en train de commettre une faute grave.

Ariane décide de l'amener à la fête foraine du Prater. Elle s'arrête à un stand et commande des pommes d'amour en guise de petit déjeuner. Avec étonnement, Loly l'observe donner des petites pièces rondes à un homme avec une moustache et des bretelles. Le sucre caramélisé fait des bruits de verre cassés quand elle le croque, il colle sur les dents. Elles longent les baraques jusqu'à la grande roue.

« Tu veux faire un tour ? D'en haut, on peut voir tout Vienne ! »

Les yeux braqués sur la roue énorme et ses gondoles tournantes, l'enfant reste sans réponse. Une fine neige a commencé à tomber ; elle a du mal à en voir le sommet. Ariane lui offre un cœur en pain d'épices. Encore une fois, elle laisse des pièces argentées en échange. « Mon petit amour », c'est écrit en sucre bleu et rouge. Loly le met autour de son cou et fait tournoyer la corde. De nouveau, elle se dit qu'Ariane est en train de commettre une erreur.

Quand elles arrivent devant un manège avec des chaises volantes, Ariane lui suggère de l'essayer.

« Si tu veux, on y va ensemble ? »

Avec le bonnet à pompon et les flocons de neige dans ses cils, elle a l'air d'une jeune fille.

L'enfant secoue la tête. Elle ne veut pas monter sur le manège et elle ne veut pas aller en Allemagne, même rendre visite à sa grand-mère ne lui dit plus rien. Les autres enfants vont se demander où elle est. Bal doit être en train de faire le tour de leurs cachettes. Est-ce que Kong est au courant de leur voyage ? Des scènes lui sont revenues à l'esprit… Le « dérapage » d'Augustin qui a traité Kong de « fou furieux » devant l'assemblée. Le jour suivant, il a disparu, ni vu ni connu. Apparemment, il a volé un vélo et il est parti en pleine nuit… Il y avait cette autre femme, Loly ne se souvient plus de son prénom… Kong avait dit qu'Ariane était dépressive. Et si elle dérapait ? Si Oma non plus n'était pas nette ? Après tout, c'est une *Externe*, forcément, quelque chose doit clocher chez elle. Brièvement, Loly se demande si cette grand-mère n'est pas une invention d'Ariane. Mais elle se souvient de ses lettres d'une écriture soignée à l'encre bleue. Ariane a juste voulu rendre visite à sa mère ; elle veut passer du temps avec elle… Loly découvre la barbe à papa. Elle a encore envie de sucre.

À la sortie de la fête foraine, elles s'assoient sur un banc. Ariane sort de sa poche des papiers rectangulaires où figurent des chiffres et des portraits d'hommes moustachus ; elle les compte plusieurs fois. Puis, elle s'adresse à Loly en lui caressant la joue.

« Vaut mieux qu'on rentre, qu'est-ce que tu en penses… ? »

Il y a de l'incertitude dans sa voix et les coins de ses lèvres tressaillent. La réponse de Loly est celle qu'on lui a apprise, il n'y en a pas d'autre.

« Oui, je veux rentrer. »

Ariane a l'air déçue et soulagée à la fois.

« Tu as raison. On rendra visite à Oma une autre fois. »

Main dans la main, elles retournent dans le quartier de la gare. Sur le chemin du retour, Ariane met de la musique. Dans le rétroviseur, Loly voit ses yeux balayer la route. Tout à coup, elle a mal au cœur. Elle essaie de l'appeler, mais Ariane n'entend que Janis Joplin. Mécaniquement, elle ouvre les mains en guise de récipient et le vomi dégouline à travers ses doigts et sur son pull, salissant le cœur en pain d'épices.

Quand Ariane s'arrête sur le bord de la route pour la nettoyer tant bien que mal, elle lui dit qu'il ne faut raconter à personne qu'elles sont allées à la fête foraine. Seulement l'attente à la gare et Oma qui n'est pas venue au rendez-vous. Puis Ariane jette le cœur en pain d'épices dans un fossé et Loly vomit une deuxième fois, cette fois-ci dans le fossé.

Dans la *Kommune*, tout le monde est au courant. Le matin, les enfants ont découvert son lit vide et on a prévenu Kong.

La nouvelle s'est répandue comme une traînée de poudre. Au petit déjeuner, on ne parlait que de « l'enlèvement ». Pendant la balade dans la neige, les Moyens ont appris une nouvelle chanson : « Sept petits enfants vivaient sans artifices / Ariane vint enlever Loly / N'en resta plus que six. » À chaque strophe, un autre enfant disparaît jusqu'à ce qu'ils soient tous perdus. Les enfants chantent pendant la randonnée, scandant les vers au rythme de la marche.

Quand la voiture s'engage dans la cour, deux grands hommes les accueillent. Ils demandent à Ariane de rendre la clé de la voiture et son passeport. Puis ils l'accompagnent dans le Grand Atelier. Loly s'est endormie sur la banquette arrière. Un des hommes la porte dans ses bras et la dépose sur le canapé devant le Grand Atelier.

C'est là que Loly se réveille. Elle met du temps à comprendre où elle se trouve. De la porte entrouverte sort de la fumée de cannabis. Kong parle d'une voix de tonnerre. Ariane lui répond, le ton étranglé.

« Tu as raison… Je suis fausse et mauvaise. »

Sa voix ressemble à celle que Loly a eue le matin au Kaffeehaus.

« Je t'en supplie, il faut me pardonner… Et c'est toi, ma famille. »

Ça sonne comme une capitulation. Une main tape sur de la chair, plusieurs fois, suivi d'un silence lourd. Puis des applaudissements retentissent dans la chambre à côté.

« Si je n'avais pas tant pleuré au Kaffeehaus, nous serions parties en Allemagne… » Ariane et elle auraient pris le train et elle aurait rencontré Oma. Loly se la représente comme une femme ronde et souriante aux cheveux blancs bouclés. Dans la poche de son tablier, elle a des poires et elle sent la cannelle.

Ariane et Loly auraient dormi dans le même lit. Après le bain, Ariane l'aurait enveloppée dans une serviette chauffée auparavant sur le radiateur. Elles ne seraient plus jamais rentrées… Loly est consternée par le cours de ses pensées. Veut-elle partir ? Derrière la porte entrouverte, des rires se font entendre. Loly, plantée sur le canapé, se demande si elle est aussi fausse et mauvaise qu'Ariane. Sa *Mère Biologique*.

1985

I.

Tout le monde est malade ou presque. On a installé un campement de matelas dans la salle du gymnase où les enfants malades sont mis en quarantaine. Personne n'entre ni ne sort sans autorisation et les femmes et les hommes qui les soignent se désinfectent les mains avant de ressortir. Tous les adultes doivent porter des bandeaux autour du front : la couleur verte signale qu'ils sont en bonne santé, un bandeau orange qu'ils sont potentiellement contagieux.

La maladie, surnommée la Grippe de Shenzhen, est féroce. Loly a eu quarante degrés de fièvre pendant deux jours et aujourd'hui, ça va mieux. La température a baissé et son appétit revient. Mais elle se sent encore faible et sa gorge est si enflammée qu'elle n'a pas envie de parler.

Les autres enfants, aussi, commencent à se sentir mieux, mais après le repas de midi, Sibylle vient annoncer que personne ne sortira d'ici dans les prochaines quarante-huit heures afin d'éviter tout risque de contagion. Rapidement, l'ennui s'installe.

Dehors, les pommiers bourgeonnent, mais le soleil n'a pas de force. Les enfants n'ont pas le droit d'aller à la fenêtre pour respirer l'air frais. Trois fois par jour, on ouvre les fenêtres et, pendant dix minutes chronométrées, ils doivent rester sous leurs couettes, couverts jusqu'au nez.

Mais Loly est contente. Pour une fois, il n'y a pas de programme et on la laisse tranquille dans son coin. Ce matin, chaque enfant a reçu un cahier pour rédiger son « Journal de Shenzhen ». La couverture est épaisse et jaune, avec des signes en calligraphie chinoise. Elle passe son temps à gribouiller et à écrire dans son journal. Les pages se remplissent vite. Après le repas, on leur distribue les photocopies d'un nouveau croquis de Kong, Loly finit le dessin en un quart d'heure en imitant son style : il dessine de façon décontractée, comme sans effort, des traits jetés sur le papier.

Puis, à nouveau libre, elle écrit dans son journal. D'abord, elle note les informations principales de la semaine : les jours de fièvre et la température exacte, le menu des repas, desserts inclus. Par la suite, Loly rédige une liste avec le classement des enfants. L'ordre a si souvent changé qu'elle a du mal à s'en souvenir. Elle sait qui sont les premiers (toujours les mêmes) et le dernier (Benji). Au milieu, ça se brouille. Loly doit refaire la liste plusieurs fois avant de la montrer à Katrin, leur aide-soignante désignée pour la journée, qui elle-même doit aller vérifier sur le grand tableau au rez-de-chaussée. Après, elle établit une liste secrète en arrangeant l'ordre des noms en fonction de ses affinités. Bien sûr, elle trône en tête de liste suivie de son ami Bal, comme un couple d'empereurs. Olivia, sa concurrente la plus féroce, se retrouve reléguée en avant-dernière position. Le Petit Benji a gardé sa place en fin de liste, elle n'a simplement pas pu l'imaginer ailleurs.

Aussitôt la liste achevée, elle arrache la page et la déchire en petits morceaux.

Ensuite, elle écrit un petit dialogue inspiré de la dispute entre Oskar et Gretchen, deux enfants du groupe des Petits. Ça a été le moment fort de la journée. Gretchen a accusé Oskar de l'avoir contaminée exprès en lui éternuant au visage. Il a contesté et l'a traitée de mauviette. Loly étoffe des passages pour donner une couleur dramatique à la scène. À la fin, Gretchen verse le contenu d'un pot de chambre sur la tête d'Oskar. En réalité, elle a fini en boudant sous sa couette. Quand la grippe sera finie, Loly fera lire le journal à Bal. Pourquoi n'est-il pas tombé malade ? Si seulement elle avait pensé à lui éternuer à la figure.

C'est la première fois qu'ils sont séparés plusieurs jours d'affilée. Ce matin, elle s'est réveillée avec la conscience de son absence, une sensation creuse dans son ventre dont elle ignore si elle résulte du manque de Bal ou de nourriture. En se levant du matelas pour aller à la salle de bains, elle se sent légère, comme si elle pouvait s'envoler avec le premier coup de vent. En fin de journée, elle est à nouveau très fatiguée. Elle a rangé son journal et somnole dans la lumière du crépuscule. Que c'est bon de ne rien accomplir, à part de se curer le nez ! Jamais elle n'a de temps pour ça !

Puis, le repas du soir est servi : *Frittatensuppe*, un bouillon de bœuf aux lamelles de crêpes. Des flaques d'huile flottent à la surface comme des vers de terre morts. Loly a très faim. Elle rêve de manger des *Palatschinken*, ces lourdes crêpes sucrées, saupoudrées d'une grosse couche de sucre et de cannelle. Mais ça lui plaît de manger assise sur le matelas, les jambes croisées avec le plateau sur les genoux, au lieu de devoir se mettre à la grande table du rez-de-chaussée.

En fin de journée, Katrin commence à tousser et doit échanger son bandeau vert contre un de couleur orange ; ce sera abstinence sexuelle jusqu'à nouvel ordre. Elle part, l'air plutôt satisfaite, et Anna et Teddy arrivent pour s'occuper d'eux pendant la soirée. Feignant de l'enthousiasme, ils installent un poste de télévision pour visionner un film de Roman Polanski, un réalisateur *externe* dont le talent a trouvé grâce aux yeux de Kong. A priori, tout ce qui vient de l'extérieur est mauvais, mais certains artistes *externes* échappent à cette règle. Finalement, la grippe a ses avantages... Loly reprend son journal et note : « J'ai écrit une scène de théâtre et on va regarder un film étranger. Voilà une belle journée à Shenzhen ! » Si ce n'était pour Bal, cette quarantaine pourrait durer des mois !

C'est un film de vampires. Les images lui procurent des sensations désagréables qui se mélangent avec ses rêves fiévreux de la nuit précédente. Loly se tient droite devant le poste, les yeux écarquillés, fière de ne pas montrer l'angoisse qui monte en elle. Elle ne détourne même pas la tête quand le vampire mord le cou de la femme aux cheveux roux. Et elle ne cille toujours pas quand la femme rousse, transformée en vampire, croque le cou du pauvre Alfred qui croyait la sauver des vampires. En quittant le terrible château en calèche, le vieux professeur ne soupçonne pas qu'il emmène deux vampires. Pendant le générique, Loly ne peut pas s'empêcher de regarder autour d'elle. Elle se demande si les vampires pourraient venir jusqu'ici. Mais toutes les fenêtres sont fermées et puis, ça doit être trop loin depuis la Transylvanie, même pour des vampires qui savent voler comme des chauves-souris.

Après le film, le programme du soir continue ; ils jouent au « téléphone sans fil » et n'importe quel mot chuchoté à l'oreille, passé d'un enfant à l'autre, se transforme à la fin en un mot scatologique qui les fait exploser de rire. Loly est au comble de la fatigue. La fièvre a repris et ses joues sont brûlantes, elle a du mal à garder les yeux ouverts. Depuis que la nuit est tombée, les images des vampires ont ressurgi dans son esprit, plus inquiétantes. Mais ce n'est pas fini, il faut encore jouer !

Pour le prochain jeu, « Meurtre dans l'obscurité », chaque enfant doit tirer un bout de papier dans un chapeau sur lequel est marqué un personnage : il y a « l'assassin » et « le commissaire », tous les autres sont des « citoyens », c'est-à-dire de potentielles victimes de l'assassin. Personne n'a le droit de dévoiler son personnage aux autres, à part le commissaire qui doit sortir de la salle avant le début du jeu. Puis, on éteint les lumières et, dans le noir, l'assassin tue un citoyen. C'est alors qu'on appelle le commissaire pour mener l'enquête. On a le droit de dénoncer les autres et d'inventer de faux indices.

« C'est un jeu communiste », explique Teddy avec un sourire énigmatique.

Luka tire la carte du commissaire. On lui fournit une casquette à carreaux et un long manteau beige et Anna lui colle une fausse moustache au-dessus des lèvres. Le grand garçon a l'air content de quitter la salle, même si Anna l'engage à ne pas s'éloigner. Les enfants se dispersent aux quatre coins de la salle. Loly a tiré un rôle de citoyen. Soulagée, elle se retire près du radiateur pour effectuer une sieste furtive. Tout autour, il y a des rires étouffés et des chuchotements suivis de plusieurs « Chut ! » insistants, puis un silence tendu s'installe.

En sursaut, elle revient dans la salle semi-obscure ; quelqu'un l'a touchée à la cuisse droite. Elle a dû sombrer dans un microsommeil. Elle met plusieurs secondes à voir quelque chose. Une ombre s'est installée à ses côtés. Par le volume, Loly devine que c'est la silhouette de Teddy. Elle se redresse, contrariée. Elle n'a pas la moindre envie de jouer la victime, sa gorge est trop enflammée pour crier. Or, elle n'est pas sûre d'avoir été assassinée. La consigne était de taper la victime sur l'épaule et non de toucher sa jambe, Teddy a expliqué lui-même les règles du jeu. Elle lui lance un coup d'œil. À travers la pénombre, elle voit son visage s'approcher du sien. Peut-être qu'il a repéré l'assassin ? Elle tend l'oreille, mais Teddy la saisit au menton et tourne son visage vers lui. Il l'embrasse à pleine bouche. Son autre main remonte la jambe, se glisse sous le t-shirt et touche sa poitrine collante du Pinimenthol. La langue de Teddy insiste pour écarter ses dents et parcourir sa bouche avec des mouvements rapides. Loly est trop étonnée pour penser à une réaction. Ce sont les adultes qui font ça : ils s'embrassent avec beaucoup de bruit, l'homme parcourt le corps de la femme avec ses mains, en pressant ses seins et ses fesses comme pour en extraire du jus, et la femme doit présenter ses rondeurs à presser en se tortillant de plaisir.

Elle remue légèrement et se demande si elle doit répondre aux coups de langue de Teddy. Mais l'autre langue occupe tout l'espace dans sa bouche. La main de Teddy effectue des va-et-vient là où il n'y a pas encore de rondeurs. Une ombre de vampire surgit et elle sent monter une nouvelle bouffée de fièvre. L'enfant voudrait se défaire de ces mains et en même temps, elle ressent comme une fierté que Teddy l'ait choisie, elle, pour cette chose qui est normalement réservée aux adultes. Que diraient les autres filles si elle le leur racontait au brossage des dents ? Mais, confuse, elle sent que c'est une expérience muette.

Un cri traverse l'obscurité. Quelques secondes plus tard, la lumière est allumée. Teddy se tient à plusieurs mètres de distance et regarde dans l'autre sens. Comment a-t-il pu bouger si rapidement ? Le vampire flotte dans l'air et se cogne aux murs. Les rideaux sont fermés et il n'y a pas de miroir dans cette salle qui pourrait dévoiler son existence. Mais il est là, voletant parmi eux. Loly a chaud et froid en même temps.

Le Petit Benji est allongé par terre dans une position tordue. Les enfants s'exclament tous en même temps.

– Un meurtre, un meurtre !

– Assassin !

– On a tué Benji !

Teddy interpelle l'enfant : « Tu t'es fait avoir, mon lapin ! »

Anna se penche sur l'enfant « assassiné » pour lui prendre le pouls.

« Son cœur ne bat plus », annonce-t-elle avec gravité.

Les enfants hurlent pour faire venir le commissaire. Mais Luka a disparu et Anna doit envoyer la grande Jane à sa recherche. Entre-temps, les enfants s'accusent en se montrant du doigt.

– C'est lui. Ça se voit sur son visage.

– C'est toi. Je t'ai entendu bouger dans la nuit.

– Mais non, c'est elle.

– Menteur ! Pourquoi tu souris, alors ?

– C'est pas moi, c'est toi ! Regardez-la, c'est elle, l'assassin.

– C'était lui, j'en suis sûre !

– C'est elle !

– Regardez ce sourire d'assassin !

– Tu m'accuses ?

– Oui, je t'accuse !

– Si tu m'accuses, c'est moi qui t'accuse !

Anna essaie vainement de les rappeler à l'ordre. Quand Luka réapparaît, ses yeux sont rouges. Anna s'adresse à lui d'un air théâtral.

– Commissaire ! Il y a eu un meurtre dans la nuit ! Qui a donc tué ce pauvre enfant ?

– Qu'est-ce que j'en sais ?

La moustache s'est détachée d'un côté. Visiblement, il n'a aucune envie d'élucider le crime.

II.

Cet après-midi, les enfants vont planter des arbustes au fond de la prairie derrière l'école. L'hiver est définitivement fini, un hiver qui cette année a duré un mois de plus. Enfin, les arbres se mettent à bourgeonner. On les a équipés de bottes en caoutchouc et de pelles. Mais lors de la répartition en binômes, personne n'a voulu s'associer à la fille *externe*.

Daphné est venue en visite à la *Kommune* avec ses parents. Ils sont trois – père, mère, enfant –, une véritable *Famille Nucléaire*, c'est-à-dire tout ce qu'on rejette ici. L'homme est le frère de quelqu'un d'ici ; les enfants ne sont pas vraiment au courant des raisons de leur présence. Avec une distance prudente, ils les ont observés se balader, main dans la main – deux adultes et l'enfant au milieu –, une étrange chaîne humaine qui contemple leur monde comme s'ils étaient en visite sur la lune. Les enfants leur renvoient le même regard, curieux et plein de stupeur. Qui sont ces gens si drôlement habillés, qui se promènent sur le terrain avec des airs de grands propriétaires ?

Daphné est une grande fille vêtue d'une jupe plissée et d'une chemise à fleurs. Ses cheveux frisés sont retenus par un serre-tête rose. Loly n'a jamais vu une telle chose. Pendant que ses parents découvrent la vie communautaire, on fait participer la fillette aux activités des enfants. Mais personne ne veut s'approcher d'elle et Daphné reste seule. Elle n'a pas l'air d'être particulièrement affectée par l'exclusion. Avec une mine paisible, elle observe les hirondelles traverser le ciel.

Sadie, leur éducatrice, suggère aux enfants de former une équipe de trois et demande des volontaires pour prendre Daphné avec eux. Tous les enfants détournent le regard, quelques-uns secouent la tête de façon ostentatoire. Sadie est une personne discrète qui n'aime pas s'imposer aux enfants, elle préfère qu'ils se raisonnent d'eux-mêmes. Mais elle ne lâche pas Loly du regard, car elle sait que c'est une bonne pâte. À contrecœur, Loly finit par lever la main.

– On peut la prendre.

Bal n'a pas l'air ravi, Sadie acquiesce avec entrain.

– C'est une bonne idée, la félicite-t-elle de son doux accent anglais.

Son sourire traverse la poitrine de l'enfant comme un rayon de soleil. Au moment où ils doivent se mettre au travail, le Petit Benji s'urine dessus et doit aller se changer. Sadie ordonne à Bal de prendre sa place et Loly reste seule avec Daphné. Elle a l'impression de s'être fait avoir. Voilà ce qui arrive quand on veut rendre service à quelqu'un. Loly s'était réjouie d'avance de passer la matinée côte à côte avec Bal, à parler de tout et de rien.

D'un air méfiant, Loly observe Daphné avancer sur la pelouse. La fille marche lourdement, la tête rentrée dans les épaules. Malgré sa taille, elle donne l'impression d'être sur la défensive.

« C'est moi, la *Cheffe* », pense Loly.

En réalité, elle n'est pas si sûre de qui commande dans leur binôme. Elle vient d'être reléguée et se trouve en avant-dernière position dans leur groupe, juste avant le Petit Benji, l'éternel dernier. Loly n'a jamais encore été aussi bas dans le classement et ne s'explique pas cette baisse de popularité. Elle est pourtant gentille, elle participe à tous les *Projets Artistiques* avec ardeur. Au cours de dessin, on la félicite pour son style relâché. Auparavant, quand Ariane était envoyée loin d'elle – à Munich ou à Amsterdam pour animer des stages d'*Éveil de Conscience* et pour recruter de nouvelles personnes – Loly pleurait à son départ. Ces crises de larmes duraient jusqu'à ce que son visage soit enflé et qu'elle manque d'air. Quand Ariane était de retour, elle avait du mal à éprouver de la joie ; elle anticipait le prochain départ. Et lorsqu'Ariane repartait – à Berlin ou à Londres, dans une autre antenne – les flots de larmes ressurgissaient. À présent, Loly ne pleure plus à cause de leur séparation. Finalement, les choses sont ainsi : les mères partent et reviennent. Si elle ne peut pas comprendre la raison profonde, elle a fini par l'accepter, avec le courage des enfants, obligés d'accepter la vie telle qu'elle se présente à eux. Dorénavant, en voyant un petit enfant fondre en larmes au départ de sa mère, elle le regarde pleine d'incompréhension : n'a-t-il pas compris l'ordre du monde ? « Mama » est une douce et improbable promesse et c'est le concept même de mère qui se perd au fur et à mesure. Si elle pleure encore parfois, c'est pour d'autres raisons, mais elle réserve les larmes aux rares moments où elle se trouve seule, aux toilettes ou cachée derrière un arbre et elle sait s'arrêter net quand quelqu'un vient frapper à la porte du W.-C. ou qu'une voix l'appelle. Elle est au courant qu'Ariane, aussi, a perdu définitivement sa place dans la hiérarchie des adultes. Depuis son escapade à Vienne, sa réputation était ruinée. Kong n'avait jamais cru l'histoire de retrouvailles manquées avec sa mère et il la traitait comme une personne instable. De façon diffuse, sa propre dévaluation semble liée à celle d'Ariane. Un sentiment d'injustice profond s'est installé en elle. Loly répond aux lettres d'Ariane en lui reprochant sa *Négativité*. Elle lui rapporte les choses que Kong dit sur la façon dont on apprend à s'améliorer et la supplie de ne plus se comporter comme un « petit cochon ordinaire ».

« Ressaisis-toi », écrit-elle. « Un jour, tu redeviendras une formidable *Cheffe de Groupe.* » Loly espère qu'Ariane comprend en lisant ses lettres qu'il ne faut pas retarder davantage son développement.

Mais Daphné ne fait pas partie du classement. Elle ne sait pas comment les choses se passent ici. Ses parents sont des *Petits-Bourgeois*, probablement alcooliques ou drogués. D'après cette logique, Daphné doit être classée en dernière position, après Benji qui fait pipi dans sa culotte. De plus, Daphné est « débile », c'est le mot que les enfants emploient quand elle n'est pas là. La grande fille parle au ralenti et on ne comprend guère ce qu'elle dit, elle a des difficultés à bien articuler. Loly, elle, sait réciter cinq ballades de Goethe par cœur.

Elle se plante devant Daphné qui est en train d'enfoncer la pelle dans la terre avec application.

– Qu'est-ce que tu fabriques ?

– Je creuse.

– Je vois bien que tu creuses.

Loly prend des airs hautains pour ne pas laisser de doute sur sa supériorité.

– Mais ne sais-tu pas qu'il ne faut pas mélanger la terre profonde avec la motte ?

Daphné a l'air de ne pas comprendre.

– Cette terre-là, il faut la mettre de l'autre côté pour pas qu'elle se mélange avec celle de la première couche. (Elle articule avec netteté.) C'est la terre qu'on va mettre autour des racines quand on va planter l'arbre. Tu n'as pas écouté ce qu'a dit Sadie ?

Daphné continue à déposer la terre sur le même tas.

– Tu n'as rien compris… Arrête-toi tout de suite !

Daphné s'interrompt.

– Donne-moi la pelle. Je vais te montrer comment faire.

Loly écarte la grande fille pour se mettre à sa place et s'empare de la pelle.

– Regarde ce tas-là. Il y a plein d'herbes dedans ! Mais ça, tu vois, c'est de la terre fertile. Il ne faut pas mélanger les deux. Celle-ci, tu la déposes à la droite du trou. Tu viens de quelle planète, toi ?

Daphné la regarde, l'air incertain.

– De la même que toi.

Loly lui rend la pelle et observe Daphné entasser la terre conformément à ses consignes.

– Tu ne sais pas distinguer la gauche de la droite ?

Elle se pique au jeu. Daphné s'arrête brièvement pour formuler une réponse.

– Si, mais parfois, je me trompe.

Loly ricane.

– Avec quel bras tu es en train de tenir la pelle, par exemple ?

– Le gauche… Je suis gauchère.

Loly détaille la fille des pieds à la tête. Ici, être gaucher est considéré comme un indice qu'un enfant a des prédispositions artistiques. Elle s'applique tous les jours à écrire de la main gauche ; sa dernière lettre à Ariane a été rédigée entièrement de cette façon.

– Pourquoi t'interromps-tu à chaque fois avant de me répondre ? Tu ne peux pas parler et pelleter, en même temps ?

Daphné hésite comme si elle évaluait s'il valait mieux répondre ou continuer à creuser.

– Est-ce que tu as entendu ce que je t'ai demandé ?

La fille acquiesce tout en restant concentrée sur sa tâche.

– Réponds-moi quand je te parle.

Loly a levé la voix. Elle jette un regard autour d'elle, mais les autres enfants sont trop loin pour les entendre. La pelle suspendue à mi-hauteur, Daphné la dévisage, une goutte de sueur coule sur son front.

– C'est d'accord, dit-elle enfin.

– Quoi ? Parce que tu t'es encore arrêtée, tu sais ?

– Je voulais dire que c'était d'accord pour te répondre.

La fille a parlé sans rancune, mais Loly la suspecte de se moquer d'elle.

– Tu ne comprends pas grand-chose, n'est-ce pas ?

Comme seule réponse, Daphné hausse les épaules. Loly ne quitte pas son air arrogant.

« Donne ! Je vais te montrer. » De nouveau, elle saisit la pelle et se met à creuser avec entrain. « Tu vois ? Je travaille – et je parle – en même temps ? C'est facile – tu vois ? – Il paraît que tu es débile – alors ce n'est peut-être pas ta faute – si tu ne sais pas accomplir – les tâches que même un petit enfant – comme moi – sait accomplir. »

Ce n'est pas aussi facile qu'elle le pensait. Elle scande les paroles au rythme de ses mouvements.

« À toi maintenant. »

Daphné a de la force et le trou a vite atteint la profondeur nécessaire pour planter l'arbuste. Son visage douillet ne traduit rien d'autre que la concentration sur l'effort physique.

« Hé-ho ! Tu te dépêches ? »

Loly lui donne une tape sur l'épaule. Daphné a l'air surprise, mais elle ne réagit pas. De nouveau, Loly se retourne, mais personne ne regarde dans leur direction. Sadie a disparu de son champ de vision.

Elle pousse Daphné légèrement comme pour l'inciter à travailler plus vite. La fille ne bronche pas. Loly lui donne un coup entre les omoplates et le corps volumineux de Daphné vacille. Elle se rattrape et lui jette un regard, plein de tristesse. Sa respiration est saccadée. Loly s'aperçoit que Daphné a déjà des seins, elle peut les voir bouger sous la chemise. Mais Loly est clairement en train de gagner. Cette fois-ci, elle engage toute sa force et lui donne un coup de poing contre la poitrine, au niveau du sternum. Daphné tombe en arrière comme un sac de terre.

« Relève-toi. »

En se retournant, elle voit quelques enfants apporter les arbustes à planter sur des brouettes. Sadie réapparaît, tenant Benji à la main, il est en train de pleurer.

Daphné reste allongée sur le sol sans bouger. Visiblement, elle a décidé de faire la morte en espérant que son assaillante se lasse d'elle. Loly la saisit par le bras et la tire pour la relever. Elle semble peser une tonne. Loly s'agrippe à son bras et tire dessus avec brutalité ; elle l'entend gémir.

« C'est moi, la *Cheffe.* » Sa tête ressasse la phrase. Son cœur bat lourdement. D'un moment à l'autre, quelqu'un va les remarquer et elle sera grondée pour avoir brutalisé un autre enfant. Peut-être qu'elle descendra encore dans le classement. Elle ne supporte plus de voir Daphné accroupie devant ses pieds, un corps mou et inoffensif qui la renvoie à sa propre défaillance.

Loly perd ses nerfs. Subitement, elle relâche le bras de Daphné qui retombe au sol. Puis elle ramasse une poignée de terre et la projette sur son visage, encore une, puis une troisième. Aussitôt, elle est envahie par une pitié débordante pour la fille *externe* : ce n'est pas sa faute si elle ne sait pas faire les choses proprement. Elle sent un sanglot monter dans la poitrine et elle a envie de pleurer toutes les larmes de son corps, par compassion pour Daphné autant que pour elle-même parce qu'elle sera reléguée après Benji Pipi. Fini les câlins de Sadie, ses sourires complices. À ses pieds, Daphné n'a pas bougé. C'est cette image que Loly va garder d'elle : son corps immobile au bord d'un trou fraîchement creusé, son visage couvert de terre, les yeux pleins d'incompréhension.

III.

« Bal ! *Au Milieu* ! »

C'est ainsi que Kong appelle les enfants pour venir sur le plateau, face à l'audience en demi-cercle. Dorénavant, l'*Assemblée des Enfants* a lieu dans la nouvelle salle de spectacle, au même endroit que les soirées de *Performance du Moi*. L'espace de cent mètres carrés, avec un sol en parquet et une façade entièrement vitrée se trouve au rez-de-chaussée d'une nouvelle construction, un édifice à trois étages dans le style d'un palazzo toscan, avec une tour et une promenade sous des arcades.

Le cœur serré, Loly regarde Bal s'avancer vers la scène, il marche à pas feutrés. À vrai dire, tout ça, c'est la faute de Marike. N'ayant pas d'enfants, elle continue de s'occuper de Bal de manière informelle sans pour autant être sa *Mère d'Ersatz*. Elle passe son temps à le complimenter, accueillant chacune de ses fabrications artistiques avec un enthousiasme débordant. Comme tous les adultes, elle est persuadée que le renforcement positif pousse les enfants à déployer leur talent pour devenir de *Grands Artistes*. Tout croquis, chaque petite danse peut donner lieu à des louanges excessives et les enfants ont l'habitude d'être applaudis par des dizaines d'adultes chaque soir de la semaine. Ils grandissent ainsi, malmenés par des vagues contraires d'éloges et de critiques.

Mais Marike l'a poussé trop loin. Bal aime particulièrement le dessin au fusain et elle lui a mis à disposition des crayons de graphite. Les soirs, quand il lui rendait visite dans sa chambre, il avait le droit de dessiner tout ce qu'il voulait. Le résultat était une série de dessins qui montraient des bêtes dont on ne voyait que les têtes au-dessus des portes fermées des étables. Exaltée, Marike a décidé d'organiser une exposition de ses dessins. Loly les a aidés à distribuer des invitations aux voisins de leur aile et à préparer du jus de pomme et des bretzels pour le vernissage. Le soir, des dizaines de gens ont défilé devant ses dessins accrochés sur le mur dans les couloirs. Quand un adulte le félicitait pour son travail, Bal ne disait rien, mais il y avait un soupçon de fierté sur son visage. Les dessins étaient étranges, si différents de ce qu'on leur demandait généralement de produire : les visages des animaux avaient quelque chose d'humain, avec leurs yeux écarquillés et leurs oreilles baissées. Un gros cochon était le seul animal qui se trouvait en liberté ; il prenait un bain de boue dans une flaque devant la ferme en riant à pleines dents. Mais le succès s'est aussitôt retourné contre Bal. Cet après-midi, à l'heure de l'*Assemblée*, Kong a eu vent de cette petite exposition et, sans être allé voir les dessins, il les a qualifiés de « stupides » et « simplistes » et il a accusé Marike d'avoir organisé une exposition à son insu. Elle s'est défendue, affirmant qu'elle avait voulu encourager un garçon renfermé à montrer son talent. Ses objections n'ont servi à rien et comme punition, elle a dû renoncer à sa chambre individuelle.

– As-tu quelque chose à dire pour ta défense ?

Kong trône sur un fauteuil en cuir, un microphone à la main. À sa gauche, sur un fauteuil du même type, Norma semble minuscule et se cache le visage dans sa frange. Depuis peu, Kong l'a désignée comme nouvelle *Muse* et elle est à ses côtés en permanence.

– J'aime bien les animaux.

Bal a baissé la tête, sa réponse est à peine audible.

– Regarde-moi quand je te parle !

L'enfant s'exécute. Kong plisse les yeux.

– Et le cochon, ça veut dire quoi ?

– C'est juste un cochon, explique Bal, l'air confus.

– Qu'est-ce qui t'a poussé à croire que tu pouvais réaliser une œuvre ? Depuis quand es-tu devenu mégalomane ?

Il lui tend le micro. Abattu, Bal répète qu'il aime les animaux.

– Ça me rendait triste de les voir enfermés dans les étables, alors je les ai dessinés.

– Tu plaides la cause des animaux ?

L'espace d'une seconde, Bal reprend espoir.

– Oui. Je voudrais que tous les animaux soient libres.

Il est en pleine fuite en avant. Kong se retourne vers Norma et lui demande son avis sur l'affaire.

– Moi aussi, j'aime les animaux, affirme-t-elle avec un sourire désemparé.

– Moi aussi, je les aime, la singe-t-il avec une grimace. Je les trouve même à croquer.

L'audience valide la plaisanterie par un rire et Norma se retire définitivement derrière sa frange. Toujours moqueur,

Kong explique qu'il ne faut pas peindre ce que l'on aime : les agressions, voilà le moteur de la grandeur artistique d'un homme : « … ça doit couler… se déverser de vos tripes, d'un endroit où on ne contrôle plus rien… moche et dégueulasse… »

Loly ne l'écoute qu'à moitié ; elle essaie de capter le regard de Bal. Il a les yeux fixés sur Kong et son visage ressemble à un masque mortuaire, sourcils levés. Nerveusement, elle tape du pied pour réprimer sa pulsion de se lever et de le rejoindre ; c'est impossible. Kong a fini sa leçon et chasse Bal du plateau à coups de pied humoristiques qui ont l'air de heurter son postérieur comme des vrais.

Pendant longtemps, Bal a été considéré comme un enfant ayant un « potentiel artistique ». Suite à cet épisode, il perd sa réputation du jour au lendemain ; plus personne ne le complimente sur son art ni ne l'encourage à explorer son talent. Doucement, il commence à couler. Il descend dans le classement jusqu'à dépasser la ligne imperceptible qui sépare les enfants médiocres des enfants du dernier rang. Dorénavant, ses journées consistent à éviter les complications, il est bousculé dans les escaliers, doit se lever de table pour céder la place à toute personne qui le demande, n'a pas droit à une deuxième mirabelle au goûter et souvent, il n'arrive même pas à en avoir une seule. Depuis qu'il se trouve tout en bas du classement, il comprend à quel point le monde est injuste et les gens méchants, même ceux qui peuvent être gentils, il découvre la méchanceté qui les habite au plus profond d'eux-mêmes. Dès qu'il ouvre la bouche pour faire une objection, on l'envoie dans la *Troupe Pénale*, chargée d'éplucher les pommes de terre pour le repas ou de frotter les toilettes de l'école. Bal déteste tout le monde. Il est le même et pourtant, il ne vaut plus qu'une « chiure de mouche » : c'est le surnom que Kong emploie pour les sujets du dernier rang. Quand les enfants supérieurs distribuent les mirabelles en gardant les plus grosses pour eux, il leur souhaite de tout cœur d'être relégués à leur tour. Il ne peut même pas se plaindre auprès des autres enfants inférieurs car ils le considèrent comme un « suiveur ». Benji pourrait le comprendre, mais être ami avec Benji serait accepter que tout est fini, ça serait comme mourir. Sa vie vient seulement de commencer, mais vivre, ça voudrait dire être comme les autres.

Il peine à trouver sa place parmi les Indomptables ; c'est ainsi que les enfants inférieurs s'appellent eux-mêmes. Une gloire provisoire acquise auprès d'eux par son refus de prendre le bain – qui lui vaut plusieurs punitions, une conjonctivite et le surnom infâme de « La Schlingue » – ne suffit pas à consolider sa position au sein de ce groupe d'enfants soudés. Bal se contente de cette petite réussite et pour le reste, il essaie de se rendre invisible. La chose qu'il regrette le plus est de passer moins de temps près de Loly – les enfants sont de plus en plus souvent regroupés selon l'ordre de la *Struktur*. Parfois, il ne peut pas s'empêcher de penser à elle quand les Indomptables se moquent des enfants « conformistes ». Mais au fond, il admire Loly pour sa capacité à se faire aimer. Elle parvient toujours à recevoir un peu de tendresse de la part des éducateurs et dans leur groupe d'enfants, elle est un élément pacificateur. Bal a compris qu'il y a des choses au-delà de la hiérarchie qui facilitent l'existence ici, comme une amabilité naturelle ou, à l'inverse, un penchant pour la brutalité – des choses dont il manque cruellement.

« Quand on n'a plus rien à perdre, la vie est plus facile » proclament les Indomptables. Bal ne les croit pas. L'angoisse qu'il entrevoit dans leurs yeux à l'*Assemblée des Enfants* est la même que la sienne. Quand ils sont assis, côte à côte sur le banc, et que Kong balaie les rangs du regard à la recherche de sa prochaine victime, ils essaient de se rendre le moins visible possible. Eux aussi doivent avoir des papillons dans le ventre ; pas ceux qui jaillissent au printemps, mais les papillons de nuit qui se heurtent contre la paroi abdominale avec une angoisse de mort. Comme lui, ils serrent les genoux et tapent du pied pour lutter contre l'envie soudaine d'uriner. Et quand Kong énonce leur prénom suivi de l'exclamation redoutée – « *Au Milieu !* » – on croit entendre leur cœur tomber dans leur poitrine avec un bruit sourd. Ils se lèvent, silencieux, des gouttelettes sur le front, contenant à peine ces maudites larmes qu'ils n'ont pas le droit de verser. Et quand ils se retrouvent debout derrière le microphone, leur voix tremble et ils s'embrouillent. Ils se ressemblent tous, *Au Milieu*, livrés à eux-mêmes.

Il n'y a que Luka, le plus âgé des Indomptables, dont la rébellion est plus qu'une posture. Bal lui porte une admiration sans limites. Luka a douze ans et lui seul tient tête à Kong, poussant sa provocation toujours plus loin. Il va jusqu'à refuser ses ordres. Parfois il parvient à s'en sortir indemne et, las ou ennuyé, Kong se tourne vers un enfant plus jeune. Ce n'est que lorsque Kong se lève, le menton avancé et la brutalité dans les yeux, que Luka sait qu'il doit cesser de l'affronter. Alors il se met à danser, comme un corps sans âme. Quand il répond à l'interrogatoire de Kong, son regard est d'une telle impertinence que Kong finit par perdre son sang-froid. Parfois, il le pousse, d'autres fois il arrose sa tête à l'aide d'une bouteille d'eau froide. Luka est le héros incontesté des Indomptables, aucun d'entre eux ne lui arrive à la cheville. En réalité, Bal ne voudrait pas être à sa place. Il aimerait être courageux comme lui, mais il ne voudrait pas être traîné au milieu par plusieurs hommes baraqués ; il ne supporterait pas d'être frappé, d'avoir de l'eau froide versée sur sa tête et de quitter la scène, trempé et humilié, sous la huée de la salle entière. Non, il ne pourrait pas être comme lui, mais le simple fait que Luka existe dans son monde est un rayon de lumière au milieu de la tempête… Quoi qu'il en soit, il sait que sa présence dans la *Kommune* n'est qu'un passage, même si ce passage sera finalement son enfance. Bal peut passer des heures assis sur un coin de pelouse en jouant de l'harmonica – un cadeau de son grand-père paternel et le seul signe de son existence, énigmatique. Les instruments approuvés par Kong étant le piano et – occasionnellement, lors d'un spectacle – la guitare, son harmonica n'a intéressé aucun des enfants. L'existence du petit objet a pris une nouvelle portée pour lui depuis leur visionnage d'un film *externe* où des cow-boys italiens s'entretuaient. Tout seul, il cherche à trouver le thème de « l'homme à l'harmonica » ; une entreprise qui s'avère impossible, mais qui l'occupe pendant des semaines. De fil en aiguille, des mélodies surgissent… Un jour, il sera libre : il pourra aller où il voudra et aimer comme bon lui semble. C'est à cela qu'il pense quand il croit ne plus supporter le calvaire que subissent les garçons inférieurs au quotidien. Bal cache son sentiment pour Loly jalousement, comme un trésor. Il devrait être gêné d'avoir cela en lui, mais il n'en est rien. Bien au contraire, c'est précisément ce sentiment enfoui qui, à ses yeux, lui donne du relief et le distingue des autres, à leur insu. C'est son secret lumineux.

IV.

Du coin de l'œil, Loly remarque un mouvement provenant de l'autre bout de la table. Armand a soulevé sa main : il forme un poing, le pouce vise vers le haut et il le rétracte plusieurs fois. Elle sort de sa rêverie. Armand répète le geste puis il montre sa bouche du doigt. Elle comprend et retire sa langue qui, en rêvant, s'est glissée entre ses lèvres. Il lui répond par un clin d'œil approbateur. Peu après, Gabriella apparaît à leur table et Loly a les yeux pointés sur elle, toute ouïe.

Depuis quelque temps, elle a pris l'habitude de se perdre dans des rêves éveillés. Cela peut arriver en plein repas, pendant une séance de peinture et à tout autre moment de la journée. Ses yeux se floutent légèrement, c'est le premier signe de son évasion et parfois, un bout de langue se glisse entre les lèvres et elle ressemble à un chat somnolent. Entre l'os de son crâne et la partie molle de son cerveau, il y a un vide : c'est à cet endroit qu'elle se recroqueville, son trou de souris. Elle peut s'y rendre alors que ses mains applaudissent, que ses jambes avancent. Quand on l'interpelle, elle sursaute, prise en défaut, et s'oblige à prendre une mine concentrée. Mais quelques minutes plus tard, ses pensées divaguent à nouveau ; c'est plus fort qu'elle. Ça a fini par se remarquer. « Partir à la nage », c'est le terme que les adultes emploient pour décrire sa fâcheuse manie : c'est une petite fille trop rêveuse, égocentrique et mal adaptée au groupe.

Son penchant pour la rêverie s'accompagne d'un ralentissement général. Au repas, elle ne parvient jamais à finir son assiette à temps et souvent, elle doit rester seule à la grande table. Mâchant avec la gorge serrée, elle observe les enfants courir sur la pelouse et leurs cris de joie se mélangent au bruit des assiettes qu'on débarrasse autour d'elle. L'éveil du matin, aussi, est difficile. Marie-Ange doit la secouer et lui frotter le visage avec une serviette humide pour qu'elle se réveille. Quand Loly ouvre les yeux, elle a les traits tirés. Maussade, elle déclare qu'elle a juste voulu terminer son rêve. Les songes inachevés peuvent la poursuivre toute la journée, tel un casse-tête impossible à résoudre.

Un matin, Loly a mis en retard le groupe entier alors qu'il s'apprêtait à partir en excursion et Marie-Ange l'a sévèrement grondée. C'était la deuxième fois qu'elle prenait le rôle de sa *Mère d'Ersatz*. Loly gardait un souvenir doux-amer de leur première collaboration : Marie-Ange s'occupait alors d'elle avec ferveur et l'appelait « coquelicot » en français. Loly ne savait plus si Marie-Ange la nommait ainsi parce que les coquelicots étaient ses fleurs préférées ou si elles étaient ses fleurs préférées à cause du surnom que Marie-Ange lui avait trouvé. Mais à présent, la jeune femme s'adressait à elle avec froideur. Quand Loly mettait un doigt dans son nez, elle s'écriait : « Berk ! », avec un R dur comme si elle voulait cracher le mot. De toute évidence, Loly avait perdu tout charme à ses yeux.

Elle a grandi au cours des derniers mois. Ses extrémités se sont allongées, elle se heurte aux meubles, trébuche sur ses propres pieds. Son ventre s'est aplati et à la place de la boule ronde et réconfortante en son milieu se trouve une planche raide. Finalement, grandir n'est pas aussi prodigieux qu'elle avait pensé. Quand elle tombe, plus personne ne lui fait de bisous sur l'endroit endolori. En soirée, personne ne songe à la prendre sur ses genoux et c'est rare qu'on la touche volontairement.

Le matin en question, Loly s'était levée dès qu'on l'avait réveillée. Elle s'était précipitée dans la salle de bains puis s'était habillée et, toute préparée, s'était allongée sur le lit. Elle venait de rêver qu'ils faisaient une randonnée de nuit à l'extérieur des murs. Sur le chemin du retour, une horde d'*Externes* surgissait d'un creux en bordure de route, en poussant des cris saccadés. Elle courait au grand portail, mais il était fermé à clé. Elle était en train de taper des deux poings contre le portail quand on l'interrompit… Il fallait qu'elle invente la fin heureuse de son rêve !

Les cris de Marie-Ange la sortirent du sommeil une deuxième fois tandis que les autres enfants attendaient devant la porte, habillés et chaussés, pour descendre à la salle à manger. Loly était trop confuse pour comprendre qu'elle s'était rendormie pour de vrai. Boudeuse, elle répétait qu'elle était prête la première alors que Marie-Ange perdait patience.

Plus ses rêveries continuent, plus les réprimandes s'enchaînent. Loly subit les critiques sans oser se défendre. Les adultes, ne voient-ils pas qu'elle se force en permanence ?

Que c'est dur de se lever si tôt et d'aller s'asseoir à la grande table bruyante, alors que son cerveau a besoin de silence pour décrypter les images de la nuit…

Le soir, Armand lui rend visite avant le coucher, comme à son habitude.

« Ce n'est pas grave, tu sais ? » Perché sur son lit, il lui parle à mi-voix. « En vrai, c'est un signe d'intelligence ; ça veut dire que ta tête est si pleine à craquer d'idées qu'il faut sortir la langue pour créer de la place à l'intérieur. »

Loly réprime un grand rire. Oskar dort déjà, les mains entre les cuisses, dans le lit d'à côté.

« Ça m'arrive aussi de rêver. Mais – je ne me fais pas attraper. » Armand lui touche le nez. « Si je te vois sortir la langue, je te préviens par notre signe secret. » Il contracte le pouce plusieurs fois. « Alors, tu sais que tu dois la faire disparaître. D'accord ? »

Loly acquiesce. Elle sent son odeur, un mélange de mousse à raser et d'herbes aromatiques. Il l'embrasse sur le front et les poils de sa barbe naissante la piquent. Elle se retire, un peu embarrassée.

– Tu me racontes une histoire ?

– Une petite, consent-il, jetant un regard sur l'horloge murale.

Ses petits récits n'ont rien à voir avec les *Contes Inquiétants*, ces histoires que Kong improvise publiquement à partir de mythes ou d'intrigues de romans connus. Souvent, il s'accompagne au piano dans les moments de suspense. Le dernier épisode reprenait en grandes lignes « L'étrange cas du docteur Jekyll et de M. Hyde », sauf que ce dernier finissait par triompher sur son alter ego *petit-bourgeois*. À l'inverse, les histoires rimées d'Armand parlent du soleil, de la lune et d'animaux et elles se terminent toujours bien. Ce soir, il invente l'histoire d'une souris qui s'est égarée dans la cage d'un lion. Après lui avoir joué plusieurs tours, elle finit par danser sur la tête du lion fatigué. Emmitouflée dans la couette, Loly savoure ce moment comme un cadeau inattendu, charmée par la lueur sur le visage d'Armand, par sa voix rassurante.

Loly pense connaître Armand autant que tout le monde. Elle sait qu'il est son *Père Biologique*, en tout cas, qu'il l'est probablement. À l'époque où Ariane est tombée enceinte, les rapports sexuels entre les *Kommunards* n'étaient pas encore organisés en fonction du classement hiérarchique, il n'y avait pas cette liste affichée tous les soirs dans le hall, la fameuse *Liste de Cul* qui fait tant rire les enfants. Ariane avait alors trois ou quatre amants réguliers ; chose inconcevable aujourd'hui où il faut multiplier les partenaires sexuels pour ne pas être considéré comme réactionnaire. Depuis le début, Ariane était persuadée que c'était Armand, le père de Loly, peut-être parce qu'elle le souhaitait.

Loly se souvient parfaitement de la première fois où quelqu'un a parlé d'Armand comme de son « père ». C'était un jour de mauvais temps et les enfants devaient rester à l'intérieur. Exténués par le bruit, les éducateurs du jour, Léonard et Babsie, avaient improvisé une « balade indienne ». À la va-vite, ils bricolaient des bandeaux avec des plumes et, déguisés de la sorte, les enfants devaient parcourir les couloirs à la queue leu leu et sur la pointe des pieds. Au deuxième étage, ils passèrent devant une chambre fermée d'où provenaient les cris de volupté d'une femme. Les enfants pressèrent les oreilles contre la porte. Léonard entrouvrit la porte.

– C'est Armand, chuchota-t-il.

Les enfants le regardèrent, incrédules.

– Qui est la femme ?

La bouche de Babsie ressemblait à une tomate mûre.

– Je ne vois qu'une jolie paire de fesses.

Léonard referma la porte et les enfants explosèrent de rire avant de détaler.

Au repas du soir, Armand apparut au fond de la salle. Les enfants lancèrent des cris stridents et Babsie lui fit signe de s'approcher.

– C'était qui ?

Armand eut l'air de ne rien comprendre. Avec un sourire, elle lui expliqua qu'ils avaient entendu ses ébats érotiques. Il parut soulagé, comme s'il s'était attendu à une accusation plus grave.

– Quelle performance, s'écria Léonard. Il faut qu'on le raconte à Kong. Lui qui s'inquiétait pour toi…

Babsie souffla un baiser sur ses cheveux bouclés ; elle le dépassait d'une tête.

– Et moi, rit-elle, quand est-ce que tu m'enverras au septième ciel ?

De nouveau, les enfants poussèrent des cris en tapant avec la main contre la bouche.

– C'était qui ?

– Barbara ?

– Marie-Lise ?

– La grande Jo ?

– Marie-Christine ?

– La petite Jo ?

Pour une raison quelconque, ils étaient tous persuadés qu'il devait s'agir d'une Française.

– Je pense qu'on a le droit de le savoir, grinça Léonard.

– Un gentleman savoure et se tait, répondit Armand d'un air faussement enjoué.

Après hésitation, Léonard lui tapota sur l'épaule.

– En tout cas, bravo ! (Et, en se tournant vers Loly :) Regarde ton paternel qui fait grimper les femmes aux rideaux.

Loly ne comprit pas tout de suite ce que Léonard voulait dire. Puis, elle rougit, ne sachant si elle devait être fière ou embarrassée. Mais personne ne la regardait.

Avoir un « père » ne veut pas dire grand-chose pour les enfants. Quand on utilise le mot, il concerne la génération des adultes. L'évocation du père sert à dénoncer les déformations psychiques dont ils doivent se libérer par la thérapie artistique. Ces pères sont dépeints comme alcooliques, brutaux ou grossiers, dépressifs ou impotents et, en tout cas, défaillants.

Avec tous ces enfants nés au cours des dernières années, il est devenu difficile de déterminer la paternité d'un enfant et ce n'est pas particulièrement recherché. Quand la ressemblance est flagrante, l'homme en question peut se déclarer « père » de l'enfant, s'il le souhaite, mais il n'en résulte pas de responsabilité concrète.

Papa Kong, c'est lui, le père spirituel de tous les enfants. Bien entendu, ses propres enfants sont connus et la paternité pèse plus lourd dans ce cas. Toutes les femmes voudraient que leur enfant soit de Kong, mais seules les femmes les plus haut placées ont le droit de coucher avec lui. La contraception est surveillée de près par Sibylle. Quand une femme tombe enceinte et veut garder son bébé, elle doit soumettre une *Demande de Maternité*. Si sa place dans la hiérarchie n'est pas solide ou si Kong n'adhère pas à l'idée, elle est envoyée dans une clinique à Vienne pour y avorter. S'il y a la moindre chance que l'enfant soit de Kong, elle est protégée. De ce fait, il y a régulièrement des attributions de paternité précipitées qui peuvent amener à de vives déceptions par la suite. Les enfants de Kong – une dizaine, tous des garçons – se trouvent en haut de la hiérarchie, à part Milo, tombé en disgrâce depuis sa petite enfance. Les autres rivalisent entre eux à qui sera le digne successeur de leur père. Depuis que Gabriella est devenue l'épouse officielle de Kong, cette place revient à Vincent. Cette union impériale, exception à la règle, a été célébrée en grande pompe lors d'une cérémonie volontairement parodique. Mais un certain doute plane sur cette paternité que personne ne formule à haute voix.

Combien de fois Loly a-t-elle rêvé qu'elle était la fille méconnue de Kong ? « Depuis le début, tu étais ma fille ! Si j'avais su… » Or, le soir au coucher, elle attend la visite d'Armand ; elle aime tant écouter ses histoires pour s'endormir.

Avant d'intégrer la *Kommune*, Armand suivait des études de philosophie et vivait dans une grande colocation alternative à Fribourg. Ça avait été une bouffée d'oxygène pour lui de quitter sa banlieue industrielle de l'aire Rhin-Neckar, formée de tours grises et de visages abîmés, pour se confronter à ces autres jeunes intellectuels. Lui qui avait été le premier garçon de sa famille à fréquenter le lycée, il avait tant attendu le moment de quitter sa mère, son père, ces corps lourds et sans lendemain qui l'entouraient depuis toujours. À Fribourg, ils étaient neuf colocataires : quatre femmes, trois hommes et deux enfants, des jumeaux. Les idées d'amour libre et de partage de biens circulaient ici comme partout ailleurs, c'était leur sujet de prédilection quand ils se regroupaient autour de la table de la cuisine. Pourtant il leur manquait une vision forte pour transformer leurs envies en une véritable « expérience ». Lorsque l'occasion s'était présentée d'aller en minibus rejoindre cette communauté avant-gardiste autrichienne qui faisait tant parler d'elle, Armand et ses colocataires l'avaient saisie sans hésitation. Avec un de ses colocataires de Fribourg, Armand s'installa dans la *Kommune* et mit la rédaction de son mémoire de fin d'études entre parenthèses. Les premières années de vie en collectivité avaient été une aventure insoupçonnée, dépassant ses rêves les plus fous. Et ce bonheur qu'il éprouvait d'avoir toujours quelqu'un pour discuter de sujets intéressants. Il servait de réplique à Kong lors des débats psycho-philosophiques et, sous sa directive, il animait une émission radiophonique où il mettait ses connaissances au service de la pensée idéologique. Bientôt, il se retrouvait dans le cercle de ses proches. Armand l'écoutait parler pendant des nuits entières, assis ou debout dans l'atelier enfumé parmi les autres jeunes hommes et femmes aux yeux brillants. Ici, il y avait du haschich à volonté. Si Kong se démarquait par sa taille et par son âge, il était aussi le seul à ne pas s'être rasé la tête. La vision magnifiée de ce grand orateur au visage farceur et à la chevelure sombre le faisait planer : Kong représentait parfaitement l'homme d'exception que le jeune Armand rêvait à la fois d'être et d'aimer.

Puis avec le temps, Armand comprit que rien n'était comme il l'avait rêvé, que la liberté n'était qu'un mot dont on abusait, que les gens étaient toujours les gens. Ça ne les avait pas transformés en profondeur d'avoir mis en commun les espaces, les biens et leurs corps. Lui aussi était resté le même, malgré la psychanalyse qu'il avait suivie auprès de Gabriella. Il y avait cette pensée récurrente qui le traversait, si rapidement qu'il ne pouvait s'en saisir. Elle arrivait lorsqu'il se réveillait d'un cauchemar – toujours le même où il errait à travers les couloirs, désespérément à la recherche d'une place pour la nuit – seulement pour se retrouver dans une chambre quelconque, à côté d'un corps de femme anonyme. Elle surgissait quand, à son passage, Loly le fixait avec des yeux blancs, l'air de réfléchir à son prénom… Quand son groupe devait imiter une danse de Kong ; en réalité un simple « pas de bourrée » accompagné d'un mouvement de main ridicule, mais qu'ils s'appliquaient à reproduire comme si leur vie en dépendait. Cette pensée le transperça lorsqu'il trouva son ancien colocataire de Fribourg, allongé sur le sol, baignant dans son sang, mort, un cutter à la main. Ils avaient dû forcer la porte et Armand, chancelant, debout, revit aussitôt le corps de sa mère allongé sur le sol de leur cuisine, il avait treize ans lors de sa première tentative, échouée comme celles qui allaient suivre. Cette pensée le saisit à nouveau, un autre après-midi, quand il découvrit Kong penché sur une fillette de huit ans, l'embrassant avec la langue. À la façon dont la petite fille tenait la tête – inclinée, les yeux tournés vers le plafond – il devina que ce n'était pas la première fois. Armand repartit de l'atelier, balbutiant une excuse, cette pensée le poursuivit, et l'image du visage de sa mère, portant ces choses innommées de sa propre enfance, violentée… La pensée le submergea – une fois de plus, une fois de trop – le jour où Kong le réprimanda pour avoir enseigné à ses élèves un poème de Brecht. Une pensée égarée, terriblement fausse qu'Armand était convaincu d'être le seul ici à avoir même s'il savait, qu'au fond, c'était elle qui le rendait encore humain. Cette petite pensée, cataclysmique : « Je me suis trompé. »

D'un jour à l'autre, Armand disparaît de son champ de vision. D'abord, Loly remarque son absence aux repas et, au bout de quelques jours, elle se rend compte qu'il ne vient plus la voir à l'heure du coucher. *Dissident*, c'est le mot que les enfants se passent en cachette. Par bribes, elle apprend des détails sur sa disparition. Apparemment, le point de départ a été une discorde à propos d'un écrivain *externe* qui, selon Kong, « ne valait pas le coup ». Dans un accès de rage irrationnelle, Armand a quitté ses fonctions au lycée et s'est retiré de toutes les activités. Il a décidé de sortir de la hiérarchie et passe ses journées enfermé dans une chambre à lire des livres, une chambre qu'il occupe illégitimement. En général, seules les femmes supérieures ont des chambres individuelles et les hommes élus peuvent les rejoindre pour une nuit ; les autres se partagent les mezzanines et canapés dans les pièces communes. De toute évidence, Armand est malade : un trouble étrange qui se manifeste par le repli sur soi et un besoin irrésistible de bouquiner. Il paraît qu'il n'est pas le seul, plusieurs personnes en sont atteintes. Le soir, elles se réunissent dans sa chambre pour boire du vin rouge et débattre de poésie. Armand aurait même organisé une lecture de poésie clandestine à laquelle une poignée de gens des troisième et quatrième groupes aurait assisté, une idée ridicule quand l'art suprême est la peinture… Loly n'en apprendra pas davantage. Dorénavant, au coucher, elle se raconte à elle-même des histoires, en essayant de se remémorer les rimes d'Armand. Cinq ans après s'être arrêtée, elle se remet à sucer son pouce.

V.

« Ça fera une belle cicatrice. »

Loly a gardé les yeux fermés pendant la petite opération. Elle entend la voix de la femme *externe* près de son oreille, son parfum sucré titille ses narines et elle sent les mouvements de sa poitrine devant elle, comme une mer paisible… Les trois points de suture ont été moins pénibles qu'elle ne l'avait craint, mais par prudence, elle a gardé les ongles d'une main sur le dos de l'autre, prête à les enfoncer.

Ce matin, Bal et elle ont chuté. Un accident bête dont elle était fautive. Quelques jours auparavant, les élèves de leur classe avaient découpé des rondelles de pommes et les avaient mises à sécher sur une corde tendue en hauteur à travers leur salle de classe. S'y trouvant seuls par hasard, Loly et Bal n'ont pas pu résister à la tentation. D'un même mouvement, ils ont escaladé le bureau de Detlev, leur instituteur, et, se haussant sur la pointe des pieds, ont arraché les rondelles à moitié séchées. Des voix se rapprochaient dans le couloir et ils ont voulu descendre à toute hâte, mais Loly a perdu l'équilibre. Par réflexe, elle s'est accrochée à Bal et ils sont tombés. Bal a atterri sur ses mains comme un jeune chat. Loly est tombée de biais, son front a frôlé le bord d'une chaise. Quand elle s'est relevée, le sang coulait sur son visage. Elle a soulevé son t-shirt pour s'essuyer et quand elle l'a remis, il était couvert de dessins expressionnistes. Bal est parti chercher de l'aide et elle a ramassé les bouts de pommes éparpillés pour les faire disparaître dans la poubelle. Mais personne n'a remarqué les fruits manquants et tout le monde avait l'air si inquiet pour elle que Loly a fini par angoisser. Detlev a maintenu une compresse sur sa blessure et il a fait appeler Heinrich pour qu'il l'emmène à l'hôpital du district. Bal les a suppliés en vain de l'accompagner. Avant qu'ils ne franchissent le portail, elle s'est retournée sur son siège et a vu qu'il pleurait de rage d'avoir raté une occasion en or pour une virée en voiture.

Pendant le trajet, Heinrich ne parlait pas. Au bout d'un quart d'heure, il a bifurqué sur une grande route. Un village a surgi au loin, puis un autre et soudain est apparu un énorme lac. Il s'étalait le long de la route tel un monstre liquide qui ne cessait de grandir dans son sommeil. Avec béatitude, Loly a contemplé la lumière bleutée ; elle aurait voulu sauter dans l'eau et disparaître.

La pédiatre lui tend un bol en cristal rempli d'oursons gélifiés. Loly plonge ses doigts dans le bol, saisit une poignée de petits objets luisants et en engloutit la moitié ; une gélatine très sucrée envahit son palais. Elle cache le reste dans sa main pour les rapporter à la maison. Bal n'en reviendra pas !

« Tu as eu de la chance ! Quelques centimètres plus bas et ça aurait pu toucher ton œil. »

C'est la première fois que Loly se retrouve seule avec une personne *externe*. Ses longs cheveux noirs tressés, retombant sur son épaule, lui font penser à une scène qu'elle a vue dans un film de kung-fu *externe* : une femme avec une longue tresse combattait des ninjas. Au milieu du combat, elle se mettait la tresse en travers de la bouche, d'un mouvement de main rapide, puis elle se jetait sur ses adversaires. L'image ne l'a plus quittée. Avoir une tresse, se la mettre de travers dans la bouche et se jeter dans le combat de kung-fu !

La pédiatre lui propose de se servir une deuxième fois. Avec la main libre, Loly se fourre une grande portion dans la bouche.

– Pour le reste, tout va bien ?

La masse pâteuse dans sa bouche semble s'agrandir au lieu de diminuer. Elle a le visage en feu, mais la pédiatre attend patiemment qu'elle ait fini de mastiquer.

– J'ai mal au dos.

Sa réponse la surprend elle-même.

– C'est depuis la chute que tu as mal ou c'était le cas avant ?

Loly hausse les épaules, elle a l'impression d'en avoir trop dit.

– Est-ce que tu permets que je t'examine ? Il faut enlever ton t-shirt, mais tu peux le tenir devant la poitrine.

Loly voudrait que la femme cesse d'être aussi gentille avec elle. La pédiatre glisse ses mains sur son dos et appuie de part et d'autre, ses doigts sont un peu froids.

– Je vais toquer comme pour voir si quelqu'un est à la maison.

Quand elle arrive aux lombaires, le corps de l'enfant se raidit.

– D'accord…

Elle prononce le mot avec douceur, comme une caresse. Loly a envie de se lever et de partir. Les oursons dans sa main sont devenus chauds et collants.

– Tu peux te rhabiller.

Loly remet son t-shirt, les taches de sang collent sur la peau. La pédiatre avance son tabouret pour se trouver en face d'elle.

– Si tu me racontais comment se passent tes journées ?

Loly lève promptement les yeux. Pourquoi cette inconnue s'intéresse-t-elle autant à sa vie ? Mais aucune trace de malveillance ne se devine sur son visage.

– Comment les choses se passent, à la maison ?

Elle sent une boule dans la gorge se resserrer de plus en plus, mais la pédiatre la regarde toujours calmement.

– Qui s'occupe de toi ?

– Tout le monde.

L'enfant répond sans comprendre l'intérêt de la question.

La pédiatre esquisse un sourire.

– « Tout le monde » est gentil avec toi ? Personne ne te fait de mal ?

Loly secoue lentement la tête.

– Tu sais que personne n'a le droit d'être méchant avec toi ? Ni tes parents ni d'autres adultes d'ailleurs.

– Pourquoi ?

C'est davantage un chuchotement.

– Les enfants, aussi, ont des droits ! Vous avez le droit d'être éduqués, on doit s'occuper de vous et vous aimer.

Loly écarquille les yeux, s'efforçant de décrypter les informations. La femme s'incline vers elle.

– Et si jamais quelqu'un te fait mal, n'importe qui, tu peux me le dire…

L'enfant inspire grandement. On frappe à la porte, Heinrich entre.

– On n'a pas fini l'examen.

La voix de la pédiatre est devenue sèche. Heinrich jette un regard sur Loly qui se dépêche de se lever.

– La plaie a été soignée, à ce que je vois. Elle n'a pas d'autres blessures ?

– Rien, à part quelques bleus sur les genoux.

Elle pose un regard souriant sur Loly.

– Dans ce cas, on va pouvoir y aller.

– Ce n'est pas vous, son représentant légal… ?

C'est le vouvoiement qui frappe l'oreille de Loly. À qui s'adresse-t-elle, au fait ?

– Ne vous inquiétez pas.

Heinrich s'est avancé et saisit l'enfant par le bras.

– En tout cas, je souhaite la revoir sous sept jours pour retirer les points et finir l'examen.

Mais Heinrich est déjà en train de quitter la pièce. Loly a juste le temps de voir les yeux de la pédiatre se plisser avant que la porte ne se referme. Dans la voiture, elle s'allonge sur la banquette arrière, soudainement épuisée. Quand ils sont sur la route de campagne, elle ouvre sa main et examine les oursons écrabouillés, presque liquides. Puis elle les mange, suivant une gamme de couleur allant du plus clair au plus foncé. À la fin, elle nettoie la main à petits coups de langue. Peu après, elle commence à se sentir mal et se redresse. Heinrich lui jette un regard à travers le rétroviseur.

– Ça ne va pas ?

La voix serrée, l'enfant confirme.

– Retiens-toi, je vais m'arrêter.

Il se gare au bord de la route et se dépêche d'aller lui ouvrir la porte. Loly a juste le temps de s'avancer de quelques pas sur le bord de la route. Devant elle, le grand lac prend son départ. Aveuglément, elle se retourne et le vomi multicolore se déverse sur le capot de la voiture. Dans son dos, elle entend Heinrich jurer dans son jargon bas-allemand.

Au milieu de la nuit, Loly se réveille avec une envie pressante. Tout est calme, à part la respiration sonore des autres dormeurs. Elle ne se souvient pas tout de suite avec quels enfants elle partage la chambre. Silencieusement, elle se lève et traverse le couloir sombre en glissant une main sur le mur. Elle referme la porte de la salle d'eau avant d'allumer la lumière et n'ose pas tirer la chasse. Au retour dans la chambre, elle est hésitante, la lumière de la salle de bains l'a aveuglée. Son lit doit se trouver quelque part sur la gauche, près de la fenêtre. Elle tâte dans l'obscurité jusqu'à tomber sur le cadre d'un lit. Par la légère odeur de pipi, elle devine que c'est celui de Benji. Son lit à elle doit être juste derrière. Mais du lit suivant émane une respiration régulière. Elle s'approche, confuse. C'est le lit de Bal ; elle est allée trop loin alors. Loly soulève la couverture et le pousse légèrement pour se glisser à ses côtés. La chaleur de son corps l'accueille. Petit à petit, l'obscurité devient perméable et la topographie de la chambre réapparaît. Quand elle tourne la tête, Bal est en train de la regarder. Il n'a pas bougé. Elle répond à son regard en ouvrant grand les yeux. Soudainement curieuse, elle passe une main dans ses cheveux, ils sont épais, d'une douceur surprenante. Il referme les yeux et son visage se plisse comme une fleur qui veut rentrer dans son bouton. Elle continue de caresser ses cheveux, avec l'impression d'apprivoiser un petit animal. Quand son bras commence à être lourd, elle met sa main sur la poitrine de Bal qui la couvre avec la sienne, moite et chaude. Elle se rendort sous le battement régulier de son cœur. Au petit matin, elle est réveillée par le chant d'un oiseau. Derrière les rideaux, le jour est en train de percer. La main de Bal est toujours sur la sienne, il dort profondément. Loly traverse la chambre à pas de loup, se recouche dans son lit et ferme les yeux. Mais son cœur est léger comme le petit matin, elle voudrait s'habiller et aller marcher dans la fraîcheur matinale. Pourtant, elle a dû s'endormir car quand on vient les réveiller, le soleil est levé. Tout a l'air normal. Oskar, surexcité, commence la journée en tapant des pieds contre le mur, les autres enfants jettent les oreillers sur lui. C'est samedi et pour le petit déjeuner, il y a des œufs au plat. Ils sont servis sur de grands plateaux, coupés en carrés, le jaune d'œuf a coulé et ils se sont tous mélangés. Loly a l'estomac noué. Du coin de l'œil, elle observe Bal qui bavarde allègrement avec les autres. Quand il remarque son regard, il sourit en montrant une vieille croûte sur le coude. Puis il l'arrache et se penche en avant pour l'émietter dans l'assiette d'Yvonne.

– « Tiens ! J'ai salé l'œuf pour toi » dit-il avec un sourire odieux.

Yvonne pousse un cri de dégoût, elle saisit l'œuf avec sa fourchette et le lui envoie au visage. Elle le rate de peu, mais le jaune d'œuf coule sur son pull-over. Les autres enfants les imitent en mettant des crottes de nez réelles ou imaginaires sur les plats les uns des autres. Bientôt, c'est la bagarre, tous contre tous. Loly assiste au spectacle avec écœurement. Elle se demande si l'épisode de la nuit précédente n'a été qu'un rêve. Ça lui paraît improbable, à la lumière du jour, qu'une telle chose ait pu se produire. Cependant, elle se souvient de leurs corps enlacés, de l'excitation qu'elle a éprouvée de retour dans son propre lit. Elle a glissé ses mains sous ses aisselles et écouté le chant du premier oiseau, heureuse.

VI.

Une vague de chaleur inonde son corps. Pendant un instant désespéré, Loly croit avoir uriné dans sa culotte. Elle scrute l'inscription qui se trouve sur le mur dans la cabane perchée au *Royaume Sauvage.* C'est un lotissement de cabanes aux toits goudronnés que les adolescents ont construites derrière le parc à ferraille avec l'aide de quelques adultes de la menuiserie. Des bouts de bois dépassent de part et d'autre et les murs sont couverts de gribouillis, mais c'est un véritable petit village avec des cabinets rudimentaires. Les adolescents peuvent y passer leurs après-midi, même quand il pleut, à l'abri des regards des adultes. Aujourd'hui, les Moyens sont en train d'explorer le terrain, on entend les cris résonner au milieu des cabanes. Le vent souffle les feuilles des arbres pour couvrir le sol d'un tapis multicolore.

« LLL aime la Schlingue. »

Loly passe sa main sur l'inscription. Les lettres sont gravées dans le bois, il serait vain de vouloir gribouiller par-dessus.

Elle louche à travers l'ouverture entre deux planches, mais personne ne s'est approché.

« LLL », c'est le surnom que Kong lui a donné. Ce jour-là, ils étaient regroupés devant l'aile droite du manoir. Kong peignait avec un balai-brosse sur une grande toile accrochée au mur ; il jetait la peinture sur la toile plus qu'il ne peignait et celle-ci giclait sur les gens autour. Loly était assise sur les marches, parmi d'autres enfants, les yeux rivés sur Norma, qui se tenait à côté de la toile, le dos appuyé contre le mur. Tenant le cigare éteint de Kong entre les doigts, elle se donnait des airs exaltés ; chaque fois que la peinture éclaboussait, elle lançait un cri d'oiseau. Toutes les filles et même les femmes adultes la dévisageaient, dans un mélange d'admiration et de jalousie, mais leurs regards glissaient sur elle comme des gouttes d'eau sur une surface huilée. Il y a peu de temps, Norma était une fille discrète et maigre, avec un sourire fuyant. Elle paraissait tellement changée ! Ses hanches avaient commencé à s'arrondir et ses cheveux mi-longs ondulaient autour de ses oreilles. Quand elle leva le bras pour ajuster son chapeau, Loly découvrit un petit nid poilu sous son aisselle. Perdue dans la contemplation de ce corps, elle glissa sa langue entre ses lèvres. Gustav la montra du doigt : « Loly a encore sorti sa langue ! » Il portait une fausse moustache et un chapeau melon qui accentuaient son air de je-sais-tout. Tout le monde explosa de rire et elle aurait voulu rentrer dans sa coquille. Kong était en train d'achever la toile avec de la peinture rouge, il lui jeta un regard furtif.

« Va savoir quelles idées concupiscentes sa petite tête fabrique. Ce n'est pas pour rien que je l'ai appelée Lolita… Lolita à la Langue Lubrique : LLL » conclut-il avant de replonger le balai dans le seau. Inventer des sigles était un de ses tocs. Ce fut la seule fois qu'il employa ce surnom et il dut l'oublier aussitôt, mais les enfants s'en emparèrent et les trois lettres poursuivirent Loly pendant longtemps. Et maintenant, juste au moment où elle croyait que le surnom était tombé dans l'oubli, elle découvrait l'inscription dans la cabane.

Ses yeux brûlent à force de fixer le même endroit. Qui pourrait être l'auteur de la calomnie ? Peut-être Daniel ? Le grand garçon est réputé pour sa fascination pour des objets tranchants et possède un couteau suisse, un cadeau de son grand-père qu'il a eu le droit de garder pour d'obscures raisons. Or, Loly ne peut pas imaginer ce qui aurait pu le pousser à inventer cette vilaine moquerie. Il se montre plutôt fraternel à son égard, il y a quelques jours encore, il lui a prêté son gilet lors d'une balade. La seule idée que d'autres enfants ont pu lire l'inscription la mortifie. Tout est faux dans cette phrase ! Bal et elle ne se touchent jamais exprès.

– Pourquoi tu te caches ?

La tête de Benji apparaît à l'entrée, il louche à l'intérieur de la cabane.

– Je ne me cache pas.

Elle se décale rapidement pour cacher l'inscription avec son corps.

– Tu te masturbes ?

– N'importe quoi !

– Qu'est-ce que tu manigances alors, ici, toute seule ?

– Je réfléchis ! Tiens, ça ne pourrait pas t'arriver, Benji !

Avec la bouche ouverte, il ressemble à un oisillon qui est tombé du nid, froissé et affamé. Elle profite de sa confusion pour enfoncer le clou.

– Et tu crois que je ne t'entends pas le soir ? Je te signale qu'on dort dans la même chambre. Alors, je te conseille plutôt de la boucler.

En réalité, elle entend Benji sangloter en cachette, parfois jusqu'à avoir le hoquet, mais elle sait qu'il ne pourra pas l'admettre.

– Tu n'es qu'une sale menteuse, répond-il enfin, désemparé.

– Enfin, nous savons tous les deux que tu te pelotes dans ton lit, n'est-ce pas ?

Benji semble étonné. C'est inhabituel qu'elle s'adresse à lui avec autant de méchanceté ; Loly compte parmi ces quelques enfants qui ne se moquent pas trop de lui.

– C'était une blague, ce n'est pas la peine de m'attaquer, dit-il avec discernement. Je viens en ami.

– Je m'en fiche ! Et maintenant, tu me laisses tranquille.

Elle sent l'inscription brûler entre ses omoplates.

– De toute façon, j'étais venu pour te dire que c'était l'heure du casse-croûte.

Il se retire. Elle chasse le sentiment de culpabilité : il n'avait qu'à pas la chercher. Elle a ses propres soucis, après tout !

Benji a rejoint les autres enfants sur la place centrale ; ils sont assis sur les grandes pierres et déballent les tartines du papier sulfurisé. Bal tient une pomme dans chaque main et regarde autour. Benji s'approche de lui et montre du doigt la cabane perchée. Le maudissant intérieurement, Loly se baisse davantage en continuant à les observer par la petite ouverture. Benji secoue la tête plusieurs fois – sans doute, il lui explique que Loly a besoin de réfléchir – et Bal finit par s'asseoir. Il croque dans une pomme et dépose l'autre sur la pierre d'à côté.

Elle se demande comment il réagirait s'il voyait l'inscription. Pour la première fois, penser à Bal lui est désagréable. Et si c'était vrai ? Soudain, elle repense à la nuit où elle est venue dans son lit. C'est de sa faute ; c'est elle qui l'a entraîné ! Et peut-être que ce n'est que le début... S'ils continuent, ça pourrait finir par une démolition publique, comme pour Renoir et Clara. On les avait découverts ensemble dans la grange et Kong avait passé la soirée entière à les exhiber. Il les obligea même à reconstruire la scène publiquement ; Renoir dut enlever le t-shirt, sa poitrine flasque était parsemée de taches rouges et Clara n'arrêtait pas de pousser des rires écœurés. Ils finirent tous les deux en larmes. C'était la honte totale.

Les adolescents n'ont pas le droit de coucher ensemble ; à en croire Kong, c'est une mesure de prévention pour éviter qu'ils s'attachent malgré eux. Quand ils atteignent l'âge de la maturité sexuelle, ils sont initiés par les adultes du premier groupe et par la suite, ils intègrent le système de la *Sexualité Libre*, c'est-à-dire qu'on les assigne aux personnes avec qui ils doivent coucher. De toute façon, le *Ménage à Deux* est réservé aux esprits bornés qui veulent jouer à la petite famille bien ordonnée. Loly a assisté à suffisamment de réprimandes pour savoir que rien de bon ne se prépare quand deux personnes soumettent une demande de relation exclusive. C'est considéré comme une grave régression sur leur voie vers un *Niveau de Conscience* supérieur. La monogamie est suspectée d'être à l'origine de la jalousie, de la possessivité et c'est de là que dérive tout le reste : la propriété privée, la cupidité, les guerres, le cancer... Récemment, une femme et un homme ont dû quitter la *Kommune*. Après avoir subi des critiques pendant des mois, ils ne voulaient toujours pas renoncer à la monogamie ; ils ont fini par admettre leur échec personnel et sont partis.

Pour l'instant, son amitié avec Bal est tolérée. Cela arrive qu'on les taquine, mais personne n'a l'air de le prendre au sérieux. Sans doute parce qu'ils ne sont pas assez populaires, autrement, on les aurait séparés depuis longtemps. Voilà peut-être bien le problème : trop attachés l'un à l'autre, ils ne parviennent pas à se mettre en valeur. Loly n'a jamais réussi à sortir du lot ; comment pourrait-elle se faire remarquer tant qu'elle joue au *Ménage à Deux* avec Bal ? Elle a perdu son temps avec des rêveries au lieu de s'occuper de son ascension. Pendant ce temps, les autres filles ont appris à s'affirmer pour obtenir les choses qu'elles désirent et supplanter leurs concurrentes. C'était une gamine ! C'est la faute d'Ariane, ça aussi. Elle est tellement faible et émotive. Et Loly répète ses erreurs. Elle s'est attachée à Bal comme Ariane demeure attachée à elle. Après chaque séparation, elle lui fait sentir à quel point ça a été une souffrance, au lieu de la féliciter d'avoir su se détacher d'elle ! Mais Ariane l'a retenue assez longtemps avec son manque affectif accaparant. En continuant comme ça, elle ne deviendra jamais *Cheffe de Groupe*. C'est le rêve d'avenir de tous les enfants. Pour prendre ce rôle, il faut être énergique et jovial ; il faut aussi savoir s'imposer et garder ses distances, car les individus ont besoin qu'on les critique pour mieux se développer. Quand on est *Chef de Groupe*, on n'a pas le temps de jouer aux amoureux. Maria, qui n'a que dix-sept ans, a été envoyée à Berlin pour prendre la direction d'un groupe de trente adultes. Loly, aussi, pourra y arriver si elle se forge un caractère plus solide. Parmi les enfants de son groupe, elle connaît les perdants ; Benji a fini par contrôler sa vessie, mais il restera le Petit Benji à tout jamais, son air de victime restera gravé sur son visage. Pour elle, tout n'est pas perdu. Bal aussi doit y arriver seul. Quand ils seront tous les deux devenus *Chefs de Groupe*, ils pourront se retrouver. D'ici-là, il lui faut serrer les dents et s'améliorer… Son ventre gargouille. Lentement, Loly descend l'échelle et s'approche des enfants, une main dans la poche. Bal montre du doigt la pomme qu'il lui a réservée. Avec un demi-sourire, elle secoue la tête avant de s'asseoir de l'autre côté.

Petit à petit, Loly s'éloigne de Bal. Elle ne le cherche plus des yeux en arrivant dans la salle à manger. En journée, elle continue de lui parler comme si de rien n'était, mais après quelques minutes, elle se détourne de lui et au bout de deux semaines, elle lui adresse à peine la parole. Pourtant, avec impassibilité, il lui montre son affection. Au fur et à mesure, ses sourires commencent à l'agacer. Ne comprend-il pas qu'elle ne veut plus jouer avec lui ? Elle décide de le traiter comme un oison cendré qui suit sa mère par instinct. De toute évidence, il a pris Loly pour sa mère lors de l'éclosion de son œuf, c'est-à-dire lors de son arrivée à *Fortuna*. Elle aurait pu être un ballon coloré, il l'aurait suivie, comme les oies cendrées dans l'expérience de Konrad Lorenz ; malgré les chocs électriques, ils se sont obstinés à le suivre. Dans ce cas, il serait vain d'essayer de l'en dissuader. Quand Bal l'interpelle, elle roule des yeux en regardant les autres avec un sourire résigné… Ça finira par lui passer !

Après quelque temps, plus personne ne l'appelle « LLL » et Loly ne pense plus à l'inscription dans la cabane qui l'avait tant troublée. Elle oublie la confusion qui l'a habitée pendant ces semaines. Bal ne fait jamais de mauvaises blagues sur son compte, mais ses yeux ne s'attardent plus sur elle. Ce n'est que dans les moments où elle doit se produire en public qu'il les laisse se poser sur son visage. Après les vacances d'automne, Loly demande de changer de place à l'école, sous prétexte de vouloir se rapprocher du tableau. Parfois, elle est submergée par une sensation familière, chaleureuse, mais quand elle se retourne, Bal regarde à travers la fenêtre. Sur son visage, son nez prend de l'ampleur et elle a l'impression qu'il ne s'agit plus du même garçon. Dorénavant, il y a deux Bal ; celui sous ses yeux, gesticulant et un peu malodorant, et un autre, qui n'existe qu'à travers la douleur fantôme de son absence. Entre eux existe une barrière, trente ou quarante centimètres, impossible à franchir.

Sa place dans le classement n'a pas changé et son rêve de devenir *Cheffe de Groupe* s'éloigne à mesure que son projet d'auto-amélioration échoue chaque jour de nouveau. Dans sa tête, il y a une échelle qui juge tous ses comportements allant de *positifs* à *négatifs*, mais trop souvent encore ses réactions lui échappent. La *Struktur* ne l'aide pas à se situer, elle ne fait que la plonger davantage dans la confusion. Quand elle perd un rang, elle en veut à tout le monde ; lors d'une ascension, elle se sent illégitime et doute d'elle-même, ignorant qu'une place existe en dehors de la hiérarchie et que c'est là qu'elle aurait voulu se trouver. Elle essaie d'imiter les enfants haut placés, mais les enfants ne sont pas jugés selon les mêmes critères. Au fond, il n'y a qu'une règle : il faut plaire à Kong. C'est la loi suprême que tout le monde connaît sans l'exprimer. Mais son humeur est aussi changeante que le temps du mois de novembre. Après avoir enchaîné deux gastro-entérites, Loly se sent diluée comme une goutte dans un verre d'eau et elle a peur de s'effacer si lentement que personne ne remarque sa disparition. Quand, aux toilettes, elle sent les selles sortir d'elle et tomber dans la cuvette, elle est surprise que quelque chose d'aussi consistant existe dans son corps. Les yeux de Bal lui manquent. Chaque échange de regards perdu est une piqûre qui la fait souffrir à petit feu. Loly a des amitiés subites et terribles avec les autres enfants, elle s'y accroche à chaque fois en sachant qu'au plus tard, à la fin de la semaine, elles seront rompues par les enjeux du classement, par une trahison ou, tout simplement, par négligence. Les enfants sont solidaires entre eux car ils ont besoin les uns des autres et, à la fois, ils se dénoncent sans ciller. La cruauté est aussi un devoir. Pourtant, ça aurait été facile de se rapprocher de Bal, de se glisser à ses côtés pour que leurs corps s'alignent et reprennent leur routine d'avant. Si elle avait mieux compris, elle aurait su qu'il n'y avait qu'un pas à franchir et que lui aussi n'attendait qu'une occasion pour se manifester. Elle n'a personne à qui confier son chagrin d'amour ; elle ne sait pas que c'est du chagrin. Pour les enfants de la secte, il n'y a que le présent, impitoyable. C'est une enfance sans repères, désolée.

1986

I.

Les oiseaux sont surexcités aujourd'hui. Ils discutent tous en même temps. D'un coup, ils s'arrêtent comme pour écouter quelque chose, il y a un long silence puis ils reprennent, tous en chœur.

Loly, Milo et Maja viennent d'arriver en bordure de la forêt d'acacias. Ils ont pris la piste battue derrière le lac et sont montés sur la colline par l'allée des peupliers blancs. Depuis que Loly est descendue dans la hiérarchie, les trois enfants passent leurs journées ensemble. Après cette chute brutale, ils l'avaient accueillie avec tant de joie – improvisant une fête de bienvenue dans la grange – que Loly avait presque oublié son échec et la honte qu'il représentait aux yeux du collectif.

Quand Maja a proposé l'escapade, elle a hésité.

« Comment veux-tu qu'il nous punisse ? Nous sommes tout en bas ! »

L'argument avancé par Milo n'a pas entièrement convaincu Loly, persuadée que les choses pouvaient toujours empirer.

Elle avait pourtant fini par y céder. Avec un peu de chance, personne n'allait remarquer leur absence aujourd'hui ; c'est la fête du premier mai. Sur la grande pelouse, les préparatifs sont en cours. On sort des tables pour le banquet en plein air où on déposera cet après-midi des miches de pain, des gros fromages ronds et des casseroles remplies de saucisses, du jus de pomme pour les enfants et du *Gespritzter*, ce vin blanc coupé avec de l'eau gazeuse que les adultes boivent aux occasions festives.

Dans la nuit, il a plu à verse et les pelouses sont détrempées. En arrivant à la lisière de la forêt, un air fleuri accueille les enfants. Maja et Milo disparaissent aussitôt entre les arbres. Loly s'est retournée vers le hameau. Autrefois, il lui semblait si loin d'ici ! Son monde rétrécit à mesure qu'elle grandit.

À l'entrée de la forêt poussent des orties de part et d'autre. Elle touche une feuille de son doigt. La brûlure est si intense qu'elle lance un cri et met le doigt dans la bouche. Elle n'a pas le courage de retenter l'expérience avec un autre doigt. Pourtant, elle s'est promis de s'entraîner à supporter la douleur en touchant les orties tous les jours, jusqu'à ce qu'elle devienne insensible à leur effet. Comme ça, la prochaine fois que Vincent la poussera dans les orties, elle pourra lui rire au nez. Loly est fatiguée d'être une victime facile. Quitte à être parmi les perdants, autant affronter son sort avec témérité, à l'image de Milo qui court jambes nues dans les champs d'orties ou de Maja qui arrive à éteindre une allumette avec les doigts, sans même ciller. Toujours occupée à sucer son index, Loly fixe les orties comme un ennemi qu'elle s'apprête à affronter. D'un coup, elle remarque un gros champignon qui est niché contre le tronc d'un arbre. Tout rond et blanc, il a presque la taille de sa tête.

« Maja ! Milo ! Venez voir, vite ! »

L'écho lui revient de la forêt. Elle doit crier plusieurs fois jusqu'à ce que Milo apparaisse entre les arbres. Loly montre le champignon du doigt.

– Regarde ce que j'ai trouvé !

Milo traverse les orties comme si c'étaient des fleurs.

– Il est énorme.

Elle essaie de dissimuler son orgueil.

– Tu crois qu'il est vénéneux ?

– Mais non ! C'est ceux qu'on a mangés l'autre jour à midi ; ils sont en avance cette année à cause de toute la pluie.

– Alors, je vais le prendre. Tu me prêtes ton couteau ?

Le couteau suisse est la nouvelle acquisition de Milo ; il l'a troqué avec Daniel contre une paire de jumelles qu'il avait volée auparavant lors d'une balade dans une cabane de chasse haut perchée.

– On ne coupe pas le pied du champignon. Il faut le tourner doucement pour l'enlever du sol en entier.

– Vas-y, toi alors.

– C'est *ton* champignon ; je vais t'aider.

Milo terrasse les orties avec ses pieds en traçant un chemin jusqu'à l'endroit où se trouve Loly. Un peu surprise, Loly s'avance en prenant soin de ne pas frôler les orties avec les jambes. Suivant les indications de Milo, elle s'applique à extraire le champignon du sol sans l'endommager et le regarde de tous les côtés : il est si grand qu'il lui faut le tenir avec les deux mains. Elle s'imagine présenter l'énorme champignon au banquet, à la stupéfaction de tous les enfants, cette image la réjouit.

« On pourra cuisiner une omelette aux champignons géante ! »

En se retournant, elle se rend compte que Milo ne l'a pas attendue et se dépêche de le suivre dans la forêt. Subitement, Maja sort derrière un buisson et fonce sur elle en hurlant, s'arrêtant seulement tout près de son visage. Instinctivement, Loly soulève un bras. Le visage de Maja rayonne et elle semble vouloir l'embrasser sur la bouche. À la place, elle lui donne une pichenette sur le nez.

Le sol est doux et humide et un tapis de voix d'oiseaux s'étend au-dessus de leurs têtes. Le soleil traverse les cimes de part et d'autre et envoie des dessins lumineux sur le sol. Les enfants parcourent la forêt, cueillant des fleurs d'acacia sur leur chemin pour sucer le nectar sucré. Ils ne voient pas venir les gros nuages jusqu'à ce que le ciel s'assombrisse et que le vent fasse murmurer les cimes des arbres. Il se met à pleuvoir, d'abord doucement, puis très vite la pluie s'intensifie. Elle coule à travers les branches et les feuilles légères des acacias, pénètre par les cols de leurs chemises et l'instant d'après ils sont trempés.

« Au Refuge ! » crie Maja, les autres acquiescent et ils partent en courant ; Loly a mis tant bien que mal le champignon à l'abri sous son t-shirt. Quand ils descendent l'allée des peupliers blancs, des sonnettes retentissent derrière eux et ils ont juste le temps de s'écarter pour laisser passer les vélos. Ils sont quatre, roulant à toute vitesse. L'espace d'une seconde, Loly aperçoit le visage de Bal, yeux plissés et lèvres retroussées. Les vélos poursuivent leur course jusqu'en bas de l'allée puis virent à gauche et elle les voit disparaître derrière la menuiserie.

Le Refuge se trouve plus haut, à mi-chemin entre la forêt et le hameau, caché dans la broussaille. Depuis quelque temps, c'est devenu l'endroit préféré des enfants inférieurs. C'est une petite maison en pierre avec un toit bitumé, sans aménagement. Il fait sombre à l'intérieur. Dans un coin, il y a de la ferraille et des gros tas de bûches.

Loly vérifie que le champignon est intact et le pose sur le bord de la fenêtre pour qu'il sèche. Maja a sorti une boîte d'allumettes de sa poche.

– Nous avons survécu au déluge. Fêtons ça avec un feu !

Loly est sceptique.

– Il n'y a pas de cheminée. On va s'étouffer.

Maja se tourne vers elle, amusée.

– Il n'y a même pas de vitres aux fenêtres.

Loly s'adresse vite à Milo pour dissimuler sa gêne.

– Tu crois qu'ils vont annuler la fête ?

Il secoue la tête.

– La pluie sera bientôt finie. Ça s'éclaircit, tu vois ?

Il pleut toujours des cordes, mais le ciel paraît moins sombre. Habilement, Milo entasse des bûches et les entoure de petites branches ramassées par terre.

– Il reste cinq allumettes ! Maintenant, il faut être malin.

Concentrée, Maja frotte la première allumette tandis que Milo la protège du vent avec ses mains. Elle s'éteint aussitôt.

– Elles sont mouillées !

– Je m'en occupe.

C'est au tour de Milo, mais l'allumette se brise.

– À toi, Loly !

Milo lui tend la boîte. Elle est à nouveau surprise par sa gentillesse ; comme Maja, il changeait d'attitude envers elle dès que les autres n'étaient pas dans les parages. Trop timide, elle secoue la tête et Milo passe la boîte à Maja qui frotte une autre allumette. Cette fois-ci, elle s'enflamme sans problème et met le feu aux branches. Maja souffle sur le foyer naissant pour entretenir la flamme. Bientôt, les bûches ont pris et un feu de camp brûle tranquillement. La pluie s'est calmée, on n'entend plus que le bruit des gouttes qui tombent des arbres et le crépitement des bûches.

Loly bâille. Puis elle s'aperçoit que Milo s'est emparé du champignon et qu'il est en train de le trancher en gros morceaux. Elle en a le souffle coupé : c'est *son* champignon, il l'avait dit lui-même ! Mais elle n'ose rien dire, par peur que lui et Maja la traitent de mauviette. Maja disparaît devant la porte et revient avec trois bâtons et des feuilles de pissenlit.

« Pique-nique ! » s'exclame-t-elle, de bonne humeur.

Loly est toujours boudeuse, mais l'idée de faire griller elle-même le champignon la séduit rapidement. Ils enfourchent chacun un bout de champignon sur un bâton et les tendent dans le feu. La chair est caoutchouteuse et sans goût. Loly mange sans appétit, observant les autres du coin de l'œil qui, tour à tour, croquent dans le champignon et les feuilles de pissenlit. Il y a une douceur dans leurs yeux qu'elle ne leur connaissait pas… Elle se souvient que, petites, Maja et elle jouaient souvent ensemble. Au printemps, elles passaient des journées entières au bord du lac de baignade où elles pêchaient le frai des grenouilles avec des épuisettes. Puis elles le transvasaient à l'aide de seaux pour le reverser dans l'étang. Toutes les deux étaient révoltées à l'idée que les petites grenouilles se feraient tuer à la saison des baignades et avaient décidé d'en sauver le plus possible avant même qu'elles se métamorphosent.

– La pluie a cessé, on va pouvoir rentrer, dit Milo en s'essuyant la bouche avec une feuille de pissenlit.

Maja hausse les épaules.

– À quoi bon ? C'est la meilleure fête du premier mai qu'on a jamais eue !

Le lendemain, l'information arrive à la *Kommune*. D'habitude, les médias *externes* sont considérés comme de la « conserve » sans intérêt. Tout ce qui compte, ce sont les choses que l'on crée soi-même, de ses propres mains. Mais ce vendredi matin, le monde extérieur perce la bulle semi-perméable qui entoure *Fortuna*. Soudain, des journaux apparaissent sur les tables et les adultes se penchent dessus avec des mines préoccupées.

« Tchernobyl. »

Le mot étranger frappe d'abord ses oreilles. Puis d'autres mots inconnus surgissent : « fusion du réacteur », « accident majeur », « catastrophe nucléaire »... Par des bribes de conversations, Loly comprend qu'une usine a explosé en Ukraine, un pays dont elle découvre l'existence en même temps que l'ombre menaçante qu'il jette sur leur monde. Les plus grands savent qu'il appartient à l'Union soviétique. D'abord, elle ne saisit pas comment une usine qui a explosé dans ce pays pourrait les concerner, qu'il s'appelle Ukraine ou Union soviétique. Apparemment cette usine, en explosant, a libéré une matière dangereuse, la radioactivité, par malheur, le vent a mal tourné et un nuage toxique est passé au-dessus de l'Autriche. La pluie qui s'est déversée sur le pays a laissé de la radioactivité sur les arbres, sur les champs et dans le sol et maintenant, tout est contaminé. Ils peuvent tomber malades ou mourir, sur-le-champ ou dans dix ans, personne ne le sait exactement. Loly se rappelle comment elle a tiré la langue sous la pluie pour boire de savoureuses grosses gouttes. À la fête du premier mai, ils ont mangé des tartines avec de la ciboulette fraîche et les premières fraises dont le jus dégoulinait sur leurs mentons.

« Tchernobyl. »

Au repas du soir, elle compte le nombre de fois que les adultes autour de la table prononcent ce nouveau mot. C'est cinquante-trois fois contre vingt-huit pour le nom de Kong. Désormais, elle sait que c'est grave.

Au petit déjeuner, les enfants découvrent les cartons colorés au nom de Tétra Pak avec du jus d'orange concentré qu'ils doivent verser dans leur muesli à la place du lait. Successivement les aliments frais disparaissent de la table. Bientôt, il n'y a plus d'œufs ni de viande fraîche et les seuls légumes qui accompagnent le riz sont des lentilles sèches et des haricots en boîte. Pour le dîner, ils mangent du *pumpernickel*, un pain noir affreusement sec, qu'ils tartinent avec de la margarine et du sel.

On leur a interdit d'aller à l'extérieur, ils n'ont même plus le droit de courir sur la pelouse. Une salle de cours est improvisée à leur étage et dorénavant ils n'ont qu'à longer le couloir pour aller à l'école. Fini les tartines au jambon et au beurre qu'ils mangeaient pendant la récréation, assis dans l'herbe. Le nez collé contre les fenêtres, Loly rêve de se caler entre les branches d'un cerisier, des paires de cerises sur les oreilles et de les manger en recrachant les noyaux par terre. Mais dans les vergers, les fruits se mettent à tomber des arbres et finissent par pourrir au sol. Même les chevaux ne viennent plus brouter l'herbe sur le pré. Le monde derrière les vitres est vide. Seuls les oiseaux s'obstinent à siffler comme si de rien n'était et à la tombée de la nuit, des hérissons pointent leur nez sous les lampadaires.

La période qui suit est étrange. Les adultes s'activent frénétiquement. Il n'y a rien d'inhabituel à les voir s'acharner chaque fois sur de nouveaux projets, mais en général, l'angoisse qui les habite et les amène à s'activer vient de l'intérieur du groupe, elle est générée par le collectif. Mais cette fois-ci, ils sont inquiets du vent, de la pluie et du soleil ; ils redoutent d'être intoxiqués par les aliments, irradiés par les particules microscopiques dans l'air. L'équipe de nettoyage passe deux fois par jour dans les bâtiments pour les laver de fond en comble, ça sent le vinaigre blanc et le linge mouillé. Une vingtaine de congélateurs sont installés dans les couloirs du sous-sol à côté d'étagères remplies jusqu'en haut de boîtes de conserve : des provisions pour une autosuffisance alimentaire d'un an.

La radioactivité est calculée partout, jusque dans les aliments. Compter semble rassurer les adultes car rien ne les effraie autant que cette incertitude, même pas les claques thérapeutiques de Kong. De la fenêtre, les enfants observent Wally se balader sur les pelouses, vêtu d'un sac-poubelle et de gants en caoutchouc, un appareil rectangulaire à la main qu'il passe dans l'air devant lui. Quand on revient de l'extérieur, on doit d'abord se rendre dans le « sas » à l'entrée pour se déshabiller complètement. Les habits sont aussitôt apportés à la laverie dans un sac en plastique et on doit courir à la douche pour se frotter au savon antiseptique. Loly a du mal à croire que le monde ait vraiment changé. Sous le soleil magnifique de mai, la nature a l'air intacte et elle est censée contenir un danger invisible, comme si toute cette beauté n'était qu'un trompe-l'œil, qu'elle pouvait vous tuer sans crier gare.

II.

Bal a peur de suffoquer. Il est assis dans l'avant-dernière rangée de la Salle d'Expression, reconvertie en salle de cinéma, une soixantaine d'enfants et d'adultes assistent à la séance. Sur un fond de musique dissonante défilent en gros plan les visages des filles et des femmes qui ricanent, qui crient sans pour autant se débattre contre les avances des artistes *externes*. Il s'agit d'un film satirique sur Vienne au tournant du siècle que Kong a écrit et réalisé. Une dizaine de ses anciens amis viennois, tous des artistes, étaient convoqués à *Fortuna* pour un grand tournage exceptionnel. Par autodérision, lui et ses amis devaient jouer les rôles des artistes de l'époque. Dans le film, ils tenaient de grands discours sur l'art, peignaient leurs jeunes modèles vivants avec les doigts nus sur des toiles et se faisaient gronder par des épouses jalouses. Kong lui-même était Sigmund Freud, « le seul véritable génie artistique de cette période », selon son jugement. Avec les autres garçons, Bal suivait le tournage de loin. Il se demandait pourquoi ces vieux hommes *externes* avaient le droit de jouer les rôles importants, entourés de toutes les filles, les grandes et les petites. Après le tournage, les amis de Kong mangeaient et parlaient beaucoup, tout comme les personnages dans le film et presque autant que lui-même.

C'est la troisième fois depuis le début de « Tchernobyl » qu'ils visionnent ce film. Loly est assise près de l'écran. Bal se sent de plus en plus étourdi.

Dans la scène suivante, l'artiste *externe* qui joue Egon Schiele tire un chariot rempli de quatre fillettes, dont Loly, à travers la campagne. Pendant tout le trajet, les filles rient bêtement. Des figurants déguisés en villageois les observent de loin, mi-choqués, mi-admiratifs, un journaliste tourne autour de la scène, l'air inspiré, pour prendre des photos. Puis, l'artiste s'arrête et fait tomber le chariot. Les filles poussent des cris stridents. Au ralenti, elles tombent en arrière et s'immobilisent tandis que l'artiste se jette sur elles... Bal inspire lourdement. Il ferme les yeux et se vaporise dans la salle. Devenu gazéiforme, il traverse l'air jusqu'au projecteur puis il rentre dans la pellicule. Quand il se matérialise à nouveau, il se retrouve sur le grand écran, au centre du champ, face à la caméra. On le voit en plan large : il se tient debout, jambes écartées, un chapeau sur la tête et un revolver en main. Bal/L'homme à l'harmonica se racle la gorge. L'artiste *externe*/Schiele se retourne lentement. Sans ciller, il lui tire sur les deux tibias. Quant aux filles, il les chasse de la scène avec des coups de feu en l'air. Puis, il se dirige vers les autres artistes qui sont regroupés comme du bétail à abattre, et chacun son tour voit ses membres déchiquetés. Lorsque les figurants viennent à leur secours, il ne fait pas dans le détail ; tous sont touchés par une balle dans le pied. Il épargne Marike, déguisée en villageoise, à qui il n'inflige qu'une petite éraflure à la joue. En dernier lieu, c'est au tour de Kong / Freud. D'abord, il le fait danser par des tirs bien visés entre ses pieds jusqu'à ce qu'il s'essouffle. Ensuite, il tire sur l'entrejambe pour le voir tomber dans la boue, hurlant, visage en avant. Quand Kong / Freud est allongé en se tordant comme un ver de terre, Bal / L'homme à l'harmonica se place entre lui et le soleil. Avec un sourire, il l'abat d'un coup en plein cœur. Son visage en gros plan, il tire son chapeau sur le front et jette un regard à la caméra, tourmenté et profond. Puis il s'éloigne, en sifflant un petit air… Son corps se solidifie à nouveau et Bal rouvre les yeux. Le film est presque terminé ; l'atmosphère semble moins chargée. Avec une main, il tâtonne dans sa poche pour vérifier qu'il y a toujours l'harmonica, son dernier trésor.

« Je ne le trouve pas si intéressant » a entendu Bal de la bouche de sa mère à son père lors de leur dernière balade. Son père esquissait un sourire et Bal a compris qu'ils parlaient de Kong. Il prend soin de ne jamais répéter à personne ce que sa mère a dit à son père ce jour-là. Mais il se demande pourquoi ses parents l'ont laissé dans la *Kommune*, si ce n'est pas pour devenir un *Grand Artiste*, à l'image de Kong. Pour quelle autre raison l'auraient-ils laissé ici, seul ?

De temps en temps, Teddy fait venir des marchands d'art *externes* ; ils passent la soirée dans l'atelier de Kong à dessiner des lignes blanches sur des plateaux de tables et la nuit dans la chambre d'une femme du premier groupe, mais aucun d'eux ne repart avec un tableau. Même si, à l'extérieur, Kong ne semble pas avoir la reconnaissance qu'il mérite, c'est une évidence pour tout le monde qu'il est le plus *Grand Artiste* du monde. Ses tableaux connaîtront une gloire mondiale posthume, comme ceux de Gauguin. De toute façon, il s'est retiré de son propre choix du monde de l'art corrompu pour se consacrer à sa création ultime : la *Kommune*. C'est une œuvre d'art totale grandeur nature, hors du commun, organique et polymorphe. L'œuvre est si avant-gardiste qu'elle se refuse aux regards extérieurs. En ce sens, elle se contemple elle-même. C'est donc logique que Bal ne voie jamais de tableaux de Kong quand il feuillette les ouvrages d'art que Marike lui montre. Il y a des Picasso et des Cézanne, des Van Gogh et des Monet et parfois, il tombe sur des représentations d'œuvres des artistes *externes* qui ont joué dans le film.

Ses *Parents Biologiques* viennent lui rendre visite une fois par an. Ils arrivent autour de la date de son anniversaire. En général, ils passent la journée avec lui, parfois juste l'après-midi. Ses parents ne correspondent pas tellement à l'image de la *Famille Nucléaire* dont le monde extérieur serait peuplé. Son père est vêtu d'une chemise à carreaux et d'un jean délavé, sa mère est en robe, mais elle ne porte ni maquillage ni bijoux et ses talons mesurent à peine deux centimètres. Polis et souriants, ils sèment la bonne humeur sur leur passage. Bal se demande ce qui peut les rendre si joyeux, au *Dehors*. Mais il ne leur pose pas la question.

« La prochaine fois, tu viendras nous voir », disent ses parents dans leur drôle d'accent à la fin de chaque visite, mais ils ne pensent jamais à lui laisser leur adresse. Sa mère l'embrasse sans le regarder dans les yeux et son père lui tape sur l'épaule. Chaque fois, ils lui paraissent plus étrangers et il attend leur arrivée dans un mélange de curiosité et d'appréhension. Mais cette année, ils ne sont pas venus. Marike présume qu'ils doivent vouloir éviter de se rapprocher davantage de la zone contaminée. Pour son anniversaire, il a reçu un colis avec des baskets trop petites et une photo qui montre ses parents devant une caravane, installée sur un terrain avec potager. Son père a laissé pousser sa barbe et sa mère a une boule sous sa robe fleurie. Bal comprend qu'ils l'ont définitivement remplacé.

C'est finalement un soulagement de savoir que ses parents ne font plus partie du scénario. Maintenant, il n'a plus à les attendre entre mi-mai et juillet. Plus besoin non plus de produire des tableaux merveilleux afin de prouver qu'ils ont pris la bonne décision en le laissant ici. Peut-être alors ne sera-t-il pas obligé de devenir un *Grand Artiste*.

III.

Olivia la dévisage, la surprise allonge ses traits symétriques. Les deux filles sont assises face à face, jambes croisées, en haut du lit superposé qu'elles partagent et Loly vient de raconter à Olivia que, depuis plusieurs jours, Marcel lui donne rendez-vous dans les toilettes à la fin de la récréation. Se tenant devant elle, il déboutonne son pantalon et lui montre son sexe. Elle doit le prendre dans la main et Marcel lui donne des instructions. D'abord, elle doit effectuer des va-et-vient, ça fait grandir le pénis qui finit par ressembler à un serpent dressé. Quand la tête du serpent est sortie, Loly doit accélérer le mouvement et serrer plus fort.

« Voilà une trique » a pensé l'enfant la première fois qu'elle a senti le sexe du garçon s'agrandir entre ses doigts. La facture était étrange ; sous une peau caoutchouteuse, la chair semblait à la fois ferme et modulable. Loly était à peine surprise ; c'était la suite logique d'une expérience qui avait commencé il y a longtemps.

Marcel vient de fêter ses quatorze ans. C'est un garçon taciturne et maigre, avec une mauvaise peau, qui a du mal à maîtriser sa nouvelle voix ; sa pomme d'Adam sautille ridiculement quand il se racle la gorge pour empêcher la voix de repartir dans les aigus. Son corps, tout en longueur, tarde à prendre de l'ampleur et il se déplace avec la gaucherie d'un grand poulain. Si les anniversaires n'ont pas beaucoup d'importance, celui-ci représente le passage officiel à la maturité sexuelle pour les garçons et le soir même de son anniversaire, Marcel a été accueilli dans l'appartement de Gabriella pour un rite d'initiation.

En général, Olivia est plutôt en haut de la *Struktur.* Mais vendredi dernier, elle a été rétrogradée, de sorte qu'elle s'est retrouvée derrière Loly. Cette relégation fut particulièrement cruelle pour Olivia car elle s'était fixé l'objectif de monter en rang pour grimper jusqu'à la place derrière Belle et elle avait fourni des efforts surhumains pour montrer le sérieux de son engagement. Pendant plusieurs semaines, elle se croyait proche de la réussite. Puis elle fit une gaffe et tout cela pour une boule de glace. C'est cette glace à la stracciatella de fabrication artisanale, délicieuse et onctueuse, avec de gros morceaux de chocolat dont une poignée d'enfants a le privilège de manger une boule les vendredis après l'école. En général, les enseignants désignent un enfant par classe et Kong a le dernier mot. La promesse de la boule stracciatella mène à des acrobaties intellectuelles ; pour les enfants, c'est bien plus essentiel de savourer la boule de glace que d'apprendre à calculer. Ce vendredi-là, Haro estima qu'aucun enfant de sa classe n'avait fourni un travail extraordinaire et décida de ne nominer personne. Alors Olivia se jeta sur lui en le couvrant de baisers. Sur le coup, cela l'amusa, mais à l'*Assemblée des Enfants,* Haro rapporta l'incident et Gabriella – dorénavant responsable des séances – fit descendre Olivia de trois places pour son attitude « mielleuse et manipulatrice ».

La plupart du temps, Olivia se trouvait au-dessus de Loly, mais quand il s'agissait de la rabaisser, on menaçait de faire avancer Loly en grade. Cela ne manquait jamais de produire son effet car l'idée que Loly, de deux ans sa cadette, soit placée au-dessus d'elle rendait Olivia folle de rage. Les filles se ressemblaient sur un certain nombre d'aspects, ce qui permettait de les comparer facilement l'une avec l'autre et leur rivalité était ancienne. Olivia n'oublierait jamais la fois où Loly lui vola la vedette. Il s'agissait de sa première apparition dans un film. Cette production cinématographique, « Le petit Dictateur », d'après un scénario original de Kong, était annoncée comme le plus grand film de l'année. Elle réunissait les acteurs et actrices les plus prometteurs de la jeune génération et il y eut un véritable casting pour les rôles importants. Les autres enfants et une trentaine d'adultes prenaient en charge la figuration pour les scènes de foule. Olivia était la plus jeune à être choisie pour un rôle avec texte, mais à la dernière minute, elle fut exclue du tournage pour une raison dérisoire et dut céder son rôle à la petite Loly, si douce et innocente.

Le personnage en question était une « fille du peuple », appartenant à la foule qui représentait le peuple allemand. La scène se passait au bord de l'étang où étaient regroupés les figurants. L'action du film se situait dans les années 1940 et les membres de l'atelier de couture avaient travaillé pendant des semaines pour confectionner les costumes et accessoires d'époque afin que le film soit le plus authentique possible. À l'arrivée du personnage principal, Adolf, tout le monde criait « Sieg Heil » en brandissant des drapeaux avec la croix gammée. Il était joué par Pablo, un garçon de dix ans, un des fils de

Kong : il portait un petit rectangle de feutrine noire en guise de moustache et un casque avec l'aigle impérial. Puis, le cortège s'arrêtait et la « fille du peuple » devait sortir de la masse pour tendre un bouquet de fleurs à Adolf. Par une poésie rimée, elle lui souhaitait la bienvenue en Allemagne, le remerciait d'avoir gagné la guerre et de les avoir libérés. Adolf lui caressait la tête et elle faisait une révérence avant de se retirer. Son rôle se résumait à cela.

Dans le film, Adolf était un jeune artiste avec des rêves de grandeur, mais quand on lui avait refusé l'admission à l'Académie des Arts de Vienne, il était devenu fou de rage. Pour se venger contre le monde injuste, il se convertissait en dictateur, décidant de se débarrasser de tous les Juifs, apparemment responsables de son malheur, et de soumettre en passant les peuples d'Europe. C'était ainsi qu'il devenait le « Führer » des Allemands et réussissait même à séduire Eva, une chanteuse de jazz, jouée par Belle. À la fin du film, le « Führer » envahissait l'Autriche et retournait à l'Académie des Arts pour montrer aux vieux professeurs qu'ils s'étaient trompés et pour les faire exécuter.

Les enfants ignoraient si cette histoire s'était vraiment passée ainsi ; il devait y avoir un fond de vérité. Ils avaient découvert le personnage d'Adolf auparavant dans la comédie de Charlie Chaplin qui a inspiré Kong. La guerre, aussi, avait eu lieu : Kong lui-même y avait participé et une fois, en Russie, il s'était caché dans une carcasse de voiture pour échapper aux troupes ennemies. Quant aux destins des Juifs d'Allemagne, ils n'en savaient pas plus.

Comme prévu, le film fut un énorme succès. Pablo avait joué le rôle avec une telle folie brillante qu'il lui procura une gloire indéfectible.

Après la projection, on fit venir tous les acteurs pour saluer. Pendant le tournage, Olivia avait passé la journée à déplacer des sabres militaires et autres accessoires. Le soir de la projection, personne ne pensa à la remercier pour sa contribution. Pendant tout le film, des larmes de colère brûlaient dans ses yeux, mais quand les lumières se rallumèrent elle affichait le même sourire admiratif que les autres. Cet échec resta gravé dans sa mémoire.

Olivia considère Loly avec un mélange d'envie et de suspicion. La maturité sexuelle, qui pour les filles débute officiellement avec leurs premières règles, l'intrigue. Ce sera enfin le moment de se démarquer de la masse des petites filles. Pour l'instant, Olivia n'a fait qu'assister à quelques séances d'initiation à la sexualité appelées les *Heures Câlines*. On tient à ce que les enfants y connaissent très tôt les détails des plaisirs de la chair : cet apprentissage précoce leur évitera de devenir des adultes coincés, complexés par leurs désirs naturels. Teddy est leur instructeur. D'abord, il faut qu'elles se jettent toutes en même temps sur lui pour l'assommer de bisous. Puis, tour à tour, elles doivent s'allonger devant lui, toutes déshabillées et jambes écartées, pour un apprentissage technique. En caleçon, il s'allonge sur elles en produisant des mouvements de hanches de plus en plus rapides. Autour de la scène, les autres filles hurlent d'hilarité ; tout cela paraît ridicule. Olivia, quant à elle, était sûre d'avoir bien compris l'exercice car Teddy ne s'était pas interrompu une seule fois pour la corriger. Pour s'exercer davantage, elle a proposé à Gustav de « le faire » ensemble. Mais son petit bout ne voulait pas rentrer dans son vagin et ils se contentèrent de se toucher mutuellement les fesses. Olivia n'est pas sûre que cette chose, la sexualité, lui plaise tant que cela, mais elle est déterminée à tout essayer pour être prête, comme toujours. Elle sait qu'il suffit d'une erreur pour la faire tomber ; il n'y a personne pour la rattraper. Sa mère n'est pas venue la voir depuis près de trois ans et Olivia dépend de son propre perfectionnisme pour maintenir sa place dans le groupe. Pas question de se ridiculiser le jour où elle sera convoquée dans le Petit Atelier de Kong. Elle ne sait pas exactement comment les choses se passent dans cette fameuse pièce. Si les enfants sont au courant de l'endroit où se rendent certaines filles pendant les après-midi, il semble qu'une règle tacite interdise d'en parler.

Un jour, Olivia a surpris Belle aux toilettes alors qu'elle était en train de changer une serviette hygiénique ensanglantée. Écrasant un bouton imaginaire, Olivia l'observait à travers le miroir.

– Qu'est-ce que tu regardes, lui demanda Belle, furieuse, comme elle revenait au lavabo. Elle se mit à frotter ses mains avec application.

– Rien.

Olivia fit mine de vouloir repartir. Soudain, la grande fille changea d'expression et la retint par le bras.

– Le jour où tu auras tes règles, ne le dis à personne. Tu viendras me voir et je t'expliquerai comment on s'y prend.

Olivia se contorsionna pour libérer son bras.

– Tu ne le diras à personne, tu m'entends ?

– D'accord.

Belle la relâcha et reprit le lavage de ses mains, pourtant propres. Avant de partir, Olivia la vit passer le savon sur son visage. Belle avait l'air sincère, mais Olivia se demanda si elle voulait la protéger ou l'empêcher d'être dans le coup.

Et maintenant, c'est au tour de Loly de lui apprendre qu'elle l'a devancée en une matière où Olivia, la plus âgée, aurait dû se lancer en premier. Certes, Marcel n'est pas parmi les haut placés de son groupe, mais c'est tout de même un adolescent.

– Tu dis la vérité ?

Loly ne répond pas, mais à son air tendu, Olivia devine qu'elle n'a pas menti.

– Très bien, décide Olivia. Je vais le rapporter à *L'Assemblée*.

– Tu veux le raconter à tout le monde ?

Le visage de Loly se décompose.

– Bien évidemment.

Olivia regarde à travers elle pour montrer qu'elle se rend compte de la responsabilité qui pèse sur elle.

– Vous ne faites pas *Ménage à Deux*, au moins ?

Olivia tire une grimace comme si elle croquait dans un citron. Loly secoue la tête et Olivia se sent soulagée. Le fait que l'autre fille n'ait pas transgressé cet ultime interdit atténue l'affront personnel que l'histoire représente pour elle. Elles se jaugent pendant quelques secondes. Un peu brusquement, Loly fabrique un sourire.

– Félicitations, ma petite Olivia !

– Pourquoi ?

– Je t'ai raconté n'importe quoi pour voir si tu allais le signaler. C'était un test.

Elle prend une voix tranchante.

– Bravo, tu l'as passé.

– De quoi tu parles ?

Olivia est de plus en plus irritée.

– Je viens de te l'expliquer.

Elle continue à afficher un sourire figé.

– Ce n'est pas grave, tu sais ? Vaut mieux que ça soit moi qui te mette à l'épreuve que quelqu'un d'autre. Au moins, je suis ton amie.

Olivia lance sa main dans sa direction, mais son bras s'arrête à mi-chemin et retombe. Son visage montre une expression de détresse si soudaine que Loly s'étrangle.

– Entendu, Loly. Alors, tout va bien.

Olivia a repris la maîtrise des muscles de son visage.

– Oui, affirme Loly. Tout va bien, Olivia.

Les filles se taisent pendant un long moment. Les fenêtres donnent à l'arrière du bâtiment. D'ici, les coquelicots ressemblent à des gouttes de sang dispersées dans le pré. Tout n'est que verdure. Normalement, à cette période de l'année, les enfants sont dehors du matin au soir. Ils vont cueillir les mûres et les framboises – « une dans le panier, une dans la bouche » –, et les mangent avec des gaufres qu'ils préparent sur la grande pelouse. Les après-midi, ce sont les baignades au lac – les enfants restent dans l'eau pendant des heures, accrochés à des pneus comme des grappes de raisins flottantes... La seule chose qui peut consoler Loly est l'idée que, pour une fois, les grenouilles ont grandi sans la menace d'être tuées.

– As-tu autre chose à me « confier » ?

– Non... Rien.

– Moi non plus.

Loly la regarde descendre du lit. Olivia se déplace avec des mouvements droits et brefs, comme une marionnette tirée en avant par un fil invisible. Quand elle est sortie de la chambre, elle compte jusqu'à dix puis descend à son tour pour se précipiter en direction des toilettes. Marcel doit l'attendre.

Depuis tout à l'heure, des éclairs de chaleur illuminent l'horizon. Elle est seule, allongée dans l'eau, immobile. Très haut dans le ciel, des hirondelles se pourchassent. Leurs gazouillis lui parviennent de façon atténuée et se mêlent au bruit des machines. Depuis quelques jours, des tracteurs ont envahi le terrain et ils déblaient la couche supérieure de la terre, susceptible d'être contaminée. On met tous les moyens pour que les enfants puissent enfin retourner jouer à l'extérieur.

Mais Loly n'a pu attendre un seul jour de plus. Elle s'est faufilée pendant le cours de dessin sur modèle nu pour courir au lac. Pendant des mois, il était à portée de main sans qu'elle ait pu y aller. L'eau est remplie d'algues et les roseaux tout autour ont poussé. Son corps se détend de plus en plus, elle devient une créature de l'eau, se mêlant aux libellules et aux araignées d'eau qui peuplent la surface. À cet instant, elle n'appartient à nulle part ailleurs qu'ici, à cette eau argileuse qui la connaît depuis le premier été de sa vie. Une petite mélodie surgit comme de loin. Par la vibration à l'intérieur de sa tête, Loly comprend enfin que c'est elle-même qui s'est mise à chanter ; de petits mots inventés qui l'emplissent d'un bien-être abyssal. Prise d'un élan soudain, elle se propulse en hauteur. Son corps s'envole brièvement avant de retomber sous l'eau où il reste suspendu entre la surface et le fond, comme une pierre à chaux pas assez lourde pour couler complètement. Elle tourne autour de son axe, déterminée à toucher le fond. Lorsqu'elle arrive en bas, ses mains s'agrippent à la zostère qui pousse dans le sol, mais les plantes légères se détachent. Elle flotte en diagonale, la tête vers le bas, à travers l'opacité vert sombre. La petite mélodie lui revient en tête, envoûtante, s'appropriant son corps tout entier, le tirant plus loin dans les eaux. Elle voudrait rester ici à tout jamais, se nourrissant d'algues et dormant avec un œil fermé et un œil ouvert, comme les dauphins… Elle agite les bras pour chasser l'urgence de sa poitrine, négociant les derniers instants sous l'eau. Quand la sensation d'oppression dans sa cage thoracique devient intenable, elle se met en mouvement pour regagner la surface. Une algue effleure sa joue et, pendant un instant, elle a peur de nager dans le mauvais sens. Dans la panique, ses jambes font le travail que son cerveau ne parvient plus à fournir et son visage émerge à la surface.

Ses poumons sifflent douloureusement. La petite plage de galets paraît infiniment loin. La lumière du jour est blême, comme si elle se trouvait toujours sous l'eau. Le bruit des tracteurs s'est arrêté et même les oiseaux ont suspendu leur chant. Soudain, il lui semble que beaucoup de temps s'est écoulé, des décennies entières, et qu'elle se retrouve seule dans un terrain abandonné. La foudre tombe, suivie de près par le tonnerre. Une joie furieuse la traverse : si elle meurt foudroyée sur-le-champ, ce sera de leur faute ! Le rire qui libère ses poumons est accompagné d'un éclair, le tonnerre gronde et pendant une minute ou deux, l'enfant est libre.

IV.

« Pauvre petite ! »

Loly est penchée sur la table à langer et défait les couches de Sissi. C'est Rebecca qui lui a montré comment la changer. Elle a des lèvres pulpeuses et d'énormes seins remplis de lait car elle a donné naissance à Sissi il y a quelques mois seulement. Loly s'est occupée du bébé avec enthousiasme, d'autant plus que Rebecca lui a confié qu'elle serait possiblement sa demi-sœur. En effet, dès sa naissance, Sissi avait un air de famille, avec sa grosse tête et sa bouche bien dessinée. Loly était ravie à l'idée d'avoir une petite sœur dont elle pouvait prendre soin. La plupart des enfants avaient eu une fratrie au cours des dernières années. Elle ignorait qu'Ariane avait été enceinte mais qu'elle n'avait pas obtenu l'autorisation de garder le bébé. Sissi grandissait vite et bientôt, sa tête semblait moins disproportionnée par rapport à son corps, ses cheveux s'assombrissaient. En fin de compte, Rebecca avait admis qu'elle était plus probablement la fille de Leandros. Mais pour Loly, elle était toujours sa petite sœur.

« Sois courageuse… Je dois te dire quelque chose. »

Délicatement, Loly ouvre sa couche et fronce le nez en découvrant son contenu. Elle jette la couche pleine à la poubelle et se met à respirer par la bouche.

« Bientôt, nous allons partir à *Ileso*. Tu ne pourras pas venir. Dommage, car avec tout ce soleil, tu aurais grandi encore plus vite. »

Sissi émet un petit son amusé.

« Je t'enverrai toutes les semaines une lettre. Ne t'inquiète pas, on reviendra au printemps… Il te faut juste passer l'hiver. »

Elle essuie les fesses du bébé qui continue à la regarder attentivement.

« Moi, c'est sûr que je pourrai partir » lui raconte-t-elle avec un sourire. « Je n'ai pas un seul *Point Négatif*. »

La grande nouvelle leur a été annoncée un soir après le diner : on avait acheté un domaine sur une île tropicale, à l'autre bout du monde. Cette ancienne plantation de bananes se trouvait isolée entre deux montagnes, loin de tout port ou village. Kong l'a aussitôt baptisée *Ileso*. Les enfants ont découvert des photographies de l'endroit magique, doté de grands palmiers et d'une plage sauvage de sable noir. À l'approche du départ collectif sur l'île, un nouveau système de punition est mis en place. Dorénavant, pour une faute grave, les enfants peuvent avoir un *Point Négatif*. Quand ils accumulent trois points, ils reçoivent une *Marque Brune* et à la troisième, ils sont exclus du voyage. Le principe fonctionne indépendamment de la hiérarchie et même les enfants bien placés peuvent tomber en disgrâce ; la menace d'élimination se fait omniprésente. Aucun enfant ne veut manquer le grand départ à *Ileso*, d'autant plus qu'il est présenté comme la plus grande aventure de tous les temps. À l'école, les enfants apprennent des chansons en espagnol et des danses folkloriques.

« Tu sais quoi ? Bal a reçu une *Marque Brune.* S'il continue, il n'aura pas le droit de partir. Milo et Luka en ont déjà eu deux. Pour eux, c'est foutu. Ils vont devoir rester ici, les pauvres, à faire de la luge tout seuls sur la colline… »

Elle termine soigneusement le nettoyage.

« Si Bal n'a pas le droit de venir, c'est lui qui pourra s'occuper de toi. Je lui dirai de te lire toutes mes lettres. Les mots, aussi, ça fait grandir… »

Elle inspecte le sexe de l'enfant. Soudainement gênée, elle se dépêche de glisser un lange sous son corps et le referme.

« D'abord, on va prendre un avion, il s'appelle Lauda Air et il a des hublots comme dans un sous-marin. Puis, on va prendre le bateau jusqu'à *Ileso*. J'ai hâte de voir les nuages d'en haut et les dauphins sauter dans la mer ! »

À l'école, les enfants ont étudié les étapes de leur voyage, ils ont mesuré le degré de latitude et de longitude de l'île mystérieuse. Pour la première fois, Loly s'est rendu compte que les cartes qu'ils exploraient en cours de géographie étaient plus qu'un élément de jeu scolaire. Il y a un vrai monde, là-dehors, apparemment si immense qu'il faut des journées entières pour le parcourir. Déjà le trajet en minibus jusqu'à l'aéroport lui donne des papillons dans le ventre. Et à l'idée de naviguer sur l'océan, d'y découvrir de vrais dauphins, son cœur se met à galoper.

« Là-bas, on peut se baigner toute l'année, même en hiver. Mais les vagues sont énormes, c'est très risqué. »

Elle a fini le change et joue avec les petits pieds. Le bébé glousse de plaisir.

« Mais oui ! Qu'est-ce que tu crois ? La mer, ce n'est pas comme notre petit lac, elle s'étale jusqu'à l'horizon. C'est l'océan Atlantique ! »

Pendant que le train traverse la nuit, Ariane sanglote doucement pour ne pas réveiller les autres voyageurs, des pleurs désespérés. Le matin, à l'arrivée au Bahnhof Zoo, le ciel est gris et bas. Elle prend la S-Bahn pour se rendre à l'appartement de la *Kommune*. Tout le monde est parti au travail. Ne sachant pas dans quel lit elle pourra dormir, Ariane s'installe sur un canapé du salon. C'est ici qu'elle se réveille quelques heures plus tard, à une heure indéterminée de la journée. Ses yeux sont enflés, ses paupières brûlent et quelqu'un d'invisible est assis sur son sternum, une présence lourde et malicieuse. Ça ne va pas, elle le sait depuis un moment. Mais jusqu'à présent, elle a pu tenir. Cette nuit dans le train, une fissure l'a traversée de haut en bas et elle a su qu'une limite avait été atteinte.

Où se trouve le soleil à Berlin-Ouest ? Le ciel n'a pas changé d'un brin. Elle se lève difficilement et ouvre la fenêtre ; dans la cour, ça sent la mousse et l'humidité. La maison dans laquelle la *Kommune* possède trois appartements se trouve dans un quartier résidentiel et calme.

Combien de fois a-t-elle dû se rendre dans une ville inconnue ? Elle y allait de bon cœur, avant la naissance de Loly. C'était de courts séjours, ils partaient en petits groupes pour présenter des spectacles de rue, propager leurs idées anticonformistes et convaincre d'autres jeunes gens de rejoindre l'aventure. Quand la *Kommune* commença à être dépassée par le nombre de recrues, Kong décida de ne plus accepter de nouveaux membres, à l'exception de ceux qui apportaient des sommes d'argent conséquentes ou des biens immobiliers. Doucement, la *Kommune* se replia sur elle-même. Et puis, alors que des dizaines de nouveaux enfants étaient venus au monde et que les héritages des uns et des autres étaient épuisés, il fallut urgemment gagner de l'argent… Beaucoup d'argent ! Pour cela, il devenait nécessaire de réintégrer l'ancien ordre – la société capitaliste –, au moins en apparence. À la va-vite, on créa des sociétés d'assurance et des agences immobilières. S'ils étaient peu nombreux à avoir des compétences, les *Kommunards* le compensaient par une activité frénétique et une politique d'entreprise sans scrupule. De la même façon qu'ils avaient passé leurs journées à convaincre des passants de se libérer des leurs blocages émotionnels, ils s'acharnaient à vendre des financements douteux à leurs clients *petits* et *grands-bourgeois*. Dans ces antennes, les femmes et les hommes travaillaient dix heures par jour ; le gain était aussitôt envoyé en Autriche. La « vraie vie » avait lieu le soir et les week-ends dans les appartements communs où ils écoutaient les derniers enregistrements de Kong et essayaient de mettre en pratique ses consignes. Pendant ce temps, d'autres s'occupaient de leurs enfants.

Chaque fois qu'Ariane se retrouvait dans une nouvelle métropole, loin de sa fille, loin de Kong, le sens de son action lui échappait un peu plus. Un jour, à Düsseldorf, elle cessa de travailler, sans préavis.

« Je ne parlerai qu'à Kong en personne » répétait-elle.

« Ariane a disjoncté. » L'information avait précédé son retour à *Fortuna*.

– Alors, il paraît que tu as perdu les pédales ?

C'est ainsi qu'il l'accueillit, en la considérant de haut en bas. Kong était entouré des femmes de l'ancienne ligue et de quelques nouvelles, plus jeunes. Quand Ariane l'entendit prononcer ces paroles, elle sentit son corps se fendre en deux.

– Je n'y arrive pas, avait-elle fini par admettre.

– … Tu n'en as pas envie !

Kong la fusilla du regard avant de la chasser avec un geste définitif. Il ordonna qu'elle soit envoyée à Berlin où elle devait apprendre la dactylographie afin de « se rendre utile ».

« C'est donc cela, mon utilité ? » se demanda Ariane avec amertume.

Elle n'avait pas le droit d'aller saluer sa fille. À la soirée de *Performance du Moi*, elle l'aperçut de loin. Loly lui parut maigre et élancée ; ses joues avaient disparu et sous les pommettes se dessinaient les os. La peau de son visage semblait tendue comme un vêtement trop serré. Se tenant très droite, elle fixait le milieu de plateau avec une attention de bonne élève, mais son regard était vide et triste. Le jour suivant, Ariane prit le train pour Berlin.

L'appel d'une tourterelle solitaire atteint son oreille. Ces trois tonalités simples et répétitives la ramènent à l'enfance, à ces innombrables heures passées dans la cour à jouer à l'élastique avec ses copines.

« C'était ma vie, aussi », se dit-elle, une vie avant la *Kommune*.

Après la mort subite de son père, sa mère les avait élevés seule. Au bout de quelques années, elle avait réussi à échanger leur deux-pièces contre une habitation plus spacieuse, dans un quartier sans charme, mais suffisamment sûr pour que les enfants rentrent seuls de l'école. La résidence était entourée de haies et d'espaces verts, sur les toits chantaient les tourterelles. Sa mère travaillait comme sténographe à la mairie du lundi au vendredi et le samedi jusqu'à midi. Dimanche, elle lavait le linge avec la machine semi-automatique qu'elle avait fini par se payer ; en fin de journée, ses mains étaient écorchées. Elle faisait couler un bain et toute la fratrie y passait, d'abord les petits, ensuite les plus grands et elle-même en dernier, quand l'eau était froide et grisâtre. Puis, elle s'asseyait sur son fauteuil, la fenêtre ouverte, et buvait une bière en bouteille. Parfois, elle fredonnait une chanson sentimentale sur « l'homme dans la lune ».

Peut-être qu'Ariane, aussi, pourrait s'en sortir, avec son seul enfant. Si, après tout, il était possible pour elle de partir définitivement ? De quel argent vivrait-elle, au *Dehors* ? Elle n'a ni diplôme ni expérience professionnelle proprement dite, malgré les nombreux boulots exercés au cours de ces années, elle ne possède ni assurance chômage ni assurance vieillesse. A-t-elle le droit de sortir Loly de la *Kommune* ? Ce n'est pas parce qu'elle, Ariane, a échoué, qu'elle doit priver sa fille d'une enfance heureuse… Est-ce vraiment si bien pour elle ? Elle ne connaît rien d'autre, après tout. Quand elle l'a vue à la soirée, au milieu de tout ce monde, Loly avait l'air d'une orpheline.

Ariane sait que les enfants partiront bientôt aux Canaries et qu'ils y passeront l'automne et l'hiver. Au cours des derniers mois, l'idée d'un refuge avait surgi. Kong avait décidé qu'il était temps de chercher une nouvelle terre, loin de la menace nucléaire, loin aussi des regards suspicieux qui commençaient à les observer de loin. Le vent semblait avoir mal tourné en Autriche pour les *Kommunards*, politiquement aussi. Les responsables politiques de la région ne venaient plus en visite, fini aussi le « Kaffee und Kuchen » chez l'ancien chancelier où on amenait les enfants les plus radieux comme preuve vivante de leur expérience sociale réussie. Même les amis artistes de Kong avaient commencé à prendre leurs distances. En effet, d'anciens membres, devenus *Dissidents*, avaient contacté des journaux, accusant Kong de toutes sortes de choses affreuses.

Dorénavant, la *Kommune* était suspectée d'être une « organisation à caractère sectaire ». Alors, Kong avait envoyé des agents de leurs sociétés immobilières internes dans les pays d'Europe du Sud, à la recherche d'une solution confortable. Ils étaient revenus avec des noms exotiques respirant le soleil, les terres vierges et l'évasion fiscale. Les agents avaient été surpris d'apprendre que les sommes avancées semblaient à leur portée. L'idée s'était précisée d'acheter une finca sur une île volcanique aux Canaries, ce « petit paradis terrestre », comme le décrivait Kong, dernière escale de Colomb avant de traverser l'océan à la recherche de l'Inde. Ici, lui et ses adeptes pourraient se retirer, si besoin de façon définitive. Autrement, ils auraient un endroit au soleil pour fuir les interminables hivers autrichiens.

Une nouvelle vague d'activisme avait suivi celle de Tchernobyl, cette fois-ci marquée par un sursaut d'espoir. Pour certains anciens, elle avait rappelé les débuts quand ils étaient venus s'installer dans cette vieille propriété pour y construire un lieu de vie collectif. Une vingtaine d'adeptes s'étaient rendus d'emblée à *Ileso* pour diriger les travaux les plus urgents et pour amadouer les politiques locaux.

Kong avait annoncé le départ du grand groupe pour les vacances d'automne : les adultes du premier et deuxième groupe pourraient y participer et tous les enfants à partir de cinq ans. Il y avait peu de chances qu'Ariane puisse les y rejoindre... L'idée qu'un océan entier se trouve entre elle et son enfant lui donne le vertige.

Elle referme la fenêtre et fouille dans les profondeurs de sa valise. Ses mains finissent par reconnaître le petit carnet rouge ; elle a su le garder, l'emportant à chacun de ses déplacements comme une assurance de vie clandestine. Nerveusement, elle parcourt les pages où figurent les adresses et numéros de téléphone de sa famille, de quelques amies d'enfance. À l'avant-dernière page, elle retrouve le numéro qu'elle cherche, inscrit au crayon. Ariane avait été chamboulée par le départ d'Ingrid car elle occupait une place centrale au sein du premier groupe. Si même Ingrid n'y arrivait pas, comment pourrait-elle y parvenir, s'était-elle dit. C'était la première femme, aussi, qui était partie avec son enfant, après une violente dispute avec Kong sur l'éducation. Parler à Ingrid, c'est parler à l'ennemi, d'autant plus qu'elle est une *Dissidente* partie en guerre contre Kong. Demander de l'aide à sa mère, à ses frères et sœurs lui paraît inconcevable. Trop de temps s'est écoulé, trop d'années de silence. Ceux qui sont passés par la même épreuve qu'elle pourront comprendre son impasse, ils pourront l'aider, quitte à ce qu'elle devienne elle-même « l'ennemie ». Ariane sent son corps frissonner de l'intérieur. « C'est pire qu'un décès », songe-t-elle. « Tout le monde va disparaître en même temps. » Ce sont les gens avec qui elle a vécu les quinze dernières années de sa vie.

Il lui reste deux cents schillings de son budget de voyage, pas un seul mark allemand. Si elle part d'ici, ce ne sera avec rien d'autre que les habits que contient sa petite valise. Heureusement, elle est en possession de son passeport. Par des rumeurs, elle a appris que certains anciens adeptes, après leur départ, se seraient installés ici même, à Berlin-Ouest. Pourraient-ils l'héberger jusqu'à ce qu'elle sache où aller, dans quelle ville s'installer ? Ensuite, il lui faudra trouver un appartement, chercher du travail avant de récupérer sa fille… Récupérer Loly. À cette pensée, son cœur s'arrête. Elle s'interdit d'y réfléchir plus longuement.

L'appartement paraît toujours vide. Ariane sort dans le couloir sur la pointe des pieds. Le téléphone est posé sur un meuble à côté de la porte d'entrée. Ses mains tremblent lorsqu'elle l'emporte dans la salle commune, glissant le fil sous la porte. Mais l'occasion ne se représentera plus de sitôt. Fébrilement, elle compose le numéro. De l'autre côté, une voix de femme mélodieuse la salue. Ariane ferme brièvement les yeux. Puis elle commence à parler.

V.

Jim tourne autour de son axe, ses jambes s'agitent à une vitesse hallucinante. Il est vêtu d'un costume noir brillant au-dessus d'une chemise blanche avec un nœud papillon rouge, des chaussettes blanches relevées sortent des chaussures noires vernies. Il a la classe. Loly est assise par terre, parmi les autres, les yeux scotchés sur lui, elle a le vertige rien qu'en le regardant. Une musique entraînante retentit des haut-parleurs, installés en hauteur dans les quatre coins de la salle, et l'audience frappe le rythme pour accompagner sa performance. Il bouge les lèvres en dansant, comme s'il chantait lui-même les paroles à la place de Michael Jackson.

Ils se trouvent dans la salle de spectacle. C'est la répétition générale de la revue que les enfants ont préparée avec Madeleine et Gisèle, deux sœurs à la petite vingtaine, à l'occasion de l'anniversaire de Kong. Elles les ont fait répéter sans relâche, même l'école a été suspendue. Le groupe de Loly a fabriqué une grande fresque sur le mur extérieur de l'école.

Elle représente Kong en bucentaure ; sa tête est attachée à un énorme corps de taureau. Loly n'a pas eu le temps de se rincer et les éclaboussures de peinture séchée lui piquent la peau. Depuis des jours, tout le monde est engagé dans les préparatifs des festivités, la propriété ressemble à un hôtel à insectes. Des banderoles et des drapeaux sont accrochés sur la façade des bâtiments et dans les cuisines, on prépare des gâteaux à la chaîne. Ce soir, on va abattre un cochon pour le banquet en plein air. Demain, c'est le grand jour.

Kong est absent ; son grand fauteuil est vide. Sur le fauteuil à côté, Belle se blottit contre le cuir noir, les épaules rentrées dans son corps. Il y a six jours, Kong s'est cassé le bras. Il a dû aller à l'hôpital et il est revenu avec le bras droit plâtré. Les enfants l'ont accueilli avec des regards effarouchés : Kong blessé, cela avait quelque chose de blasphématoire. Il n'est jamais malade, jamais absent, toujours plein d'une énergie débordante, un homme « sans âge et sans failles » comme disent les banderoles.

Au retour de l'hôpital, il se vantait de ne sentir aucune douleur et se moquait du médecin qui l'avait soigné en le traitant de « dilettante impotent ». Il montrait son plâtre sur lequel il avait griffonné un croquis. Sa chute – banale en soi, il avait glissé dans la douche – devenait vite mythique et le plâtre un symbole de sa bravoure. Tous les enfants voulaient en avoir un et ils s'en fabriquaient un provisoire à l'aide de rouleaux de papier toilette. Dès le lendemain, Kong entreprenait la traversée du lac. Un petit groupe d'adultes l'accompagnait comme un cortège de bouées de sauvetage humaines. Sous les hurlements du grand groupe au rivage, il parcourut les vingt mètres en nageant sur le côté. Enveloppé dans une bâche plastifiée, le bras plâtré sortait de l'eau comme une excroissance bizarre.

Mais cet après-midi, Kong était fatigué et sur le conseil insistant de Sibylle, il est resté au lit. L'argument qu'il devait être en forme pour son jour de gloire a pu le convaincre de disparaître des regards publics, une circonstance exceptionnelle. Or, la répétition générale est filmée et l'image est retransmise en direct dans sa chambre. Une caméra sur pied enregistre la scène en plan large et Karl, avec une caméra à l'épaule, se déplace autour du plateau pour capter les performances de près.

C'est le dernier événement festif avant le départ aux Canaries. Finalement, tous les enfants ont le droit de participer au séjour, même ceux qui ont eu trois *Marques Brunes*. Kong, tel un roi en fin de règne, leur a accordé l'absolution. Mais ils restent sur leurs gardes ; une gaffe lors du spectacle pourrait se révéler fatale.

Depuis l'évasion d'Ariane, Loly joue à l'enfant modèle. La nouvelle lui a été annoncée lors d'un petit déjeuner où Loly a été convoquée à la table de Kong. Ariane avait déraillé définitivement. Dorénavant, elle était considérée comme « non récupérable ». Personne ne savait où elle était.

« Si ça se trouve, elle s'est réfugiée à Berlin-Est », grinça Kong en décapitant son œuf à la coque à l'aide d'un couteau. « Elle comprend tout à l'envers, celle-là. »

Il se tourna vers Loly.

« Ne te tracasse pas » lui souffla-t-il avec un sourire de vieux loup. « Ma mère, aussi, était cinglée et regarde qui je suis devenu. »

Il trempa du pain dans le jaune d'œuf et apporta le bout coulant à la bouche. Loly hocha la tête ; l'essentiel était de ne pas fondre en larmes devant lui.

Elle s'attendait à ce qu'on lui fasse vivre l'enfer à cause de sa mère détraquée. Mais les éducatrices et éducateurs la traitaient avec ménagement et les enfants ne l'embêtaient pas. Quelques jours plus tard, lors de l'*Assemblée des Enfants*, Kong déclara devant tout le monde qu'on s'était trompé sur l'attribution de la paternité de Loly. Il s'avérait probable qu'elle soit sa propre fille.

« Je n'ai pas vu ce qui était sous mes yeux ! » lança-t-il avant de l'attirer sur ses genoux.

Loly avait l'estomac noué en se retrouvant à cet endroit, après tant de temps passé sans le moindre contact physique avec lui.

« Regardez-moi ces pommettes, hein ! » plaisanta-t-il en la pinçant dans les joues. Il annonça que Loly devrait intégrer sa propre *Familie* et, sur la finca espagnole, elle s'installerait avec eux dans la maison de maître, au lieu d'habiter dans les maisonnettes récemment construites où dormiraient les autres enfants. Il garderait un œil sur elle.

Loly se sent confuse à l'idée que son ancien rêve puisse de fait se réaliser. Si elle est la fille de Kong, elle est enfin à l'abri de toutes les moqueries et les tortures du quotidien. Ariane ne pourra pas venir la voler si Kong est vraiment son père. Elle sera intouchable. Mais être accueillie dans sa grande *Familie*, sous la gouvernance impitoyable de Gabriella, parmi les filles du premier rang… et dormir si près de Kong… est loin de la rassurer.

Jim est en train de faire glisser ses pieds en arrière comme s'il patinait sur place : c'est le « Moonwalk ». Plusieurs fois, il s'arrête pour toucher son entrejambe. Il jette son chapeau par terre, entreprend une rotation rapide et se fige, les mains derrière la tête. Il reprend le tourbillon et conclut par un saut sur la pointe des deux pieds, avec un air enragé et la bouche en cul de poule. Des applaudissements exaltés retentissent. Ensuite, tous les enfants viennent sur le plateau et se mettent en rang pour le chant final, un hymne à l'honneur de Kong.

D'abord, Clara, avec sa voix de soprano parfaite, chante seule le prélude : « Soixante ans / Pas un cheveu blanc / Qui est le plus beau, le plus merveilleux ? / Le seul homme à nous rendre heureux ? » Puis, c'est au tour des garçons : « Nous rêvons d'être comme lui quand nous serons grands. » Les filles enchaînent : « Nous nous languissons de porter un jour son enfant. » Et puis, toutes et tous reprennent pour le refrain : « Kong, notre père / Kong, notre confrère / Kong, notre souverain / Kong, le *Grand Artiste* suprême… »

Puis, c'est terminé. La répétition s'est déroulée sans le moindre incident et tout le monde se détend. Madeleine et Gisèle circulent entre les jeunes pour les embrasser sur les joues. Puis Madeleine saisit le microphone pour appeler au silence. Face à la caméra, elle remercie Kong de lui avoir confié la mise en scène et félicite les jeunes pour leur travail. Ensuite, elle passe le microphone à Gisèle qui se lance dans une tirade sur le talent de Jim. Selon elle, c'est la révélation de la saison. On entend des « Bravo ! » et des « Waouh ! » dans la salle. Puis le silence s'installe, on attend les retours de Kong via les haut-parleurs. Quand il prend la parole, il y a un halo dans sa voix.

« Quelqu'un veut dire autre chose ? »

Karl filme les rangées du public. On fait passer le micro, des commentaires euphoriques se font entendre et on souligne l'excellence de la performance de Jim.

La voix de Kong arrive comme un coup de tonnerre.

« Silence ! »

Karl recule davantage sur le plateau pour filmer l'ensemble de l'audience.

« Vous êtes fiers de vous ? »

La question n'attend pas de réponse. Les jeunes rentrent la tête dans les épaules, appréhendant ce qui va suivre.

« C'était de la merde ! Complètement nul ! »

Le verdict les anéantit. Plusieurs enfants fondent en larmes.

« Une vraie merde, du début à la fin. Condescendant, sans originalité et ennuyeux à mourir. C'est bon pour la poubelle. Tout est à reprendre, de A à Z. »

Le reniflement des enfants est le seul bruit dans la salle.

– Madeleine ? Gisèle ? Qu'est-ce que vous avez à me répondre ?

Madeleine se lève à moitié et prend la parole.

– Tu as raison, s'empresse-t-elle de dire. Nous étions tellement concentrées sur la réalisation technique que nous avons perdu la vue d'ensemble. Je trouve toujours que nous avons bien travaillé, techniquement, mais à quoi bon si l'originalité passe à la trappe. Tu as complètement raison, il n'y a pas d'excuse. J'en prends l'entière responsabilité.

Gisèle se lève à son tour et cherche la caméra du regard.

– Moi aussi, j'assume l'entière responsabilité, confirme-t-elle avec une voix de moineau.

Les deux sœurs attendent, l'air tendu, pendant que les haut-parleurs se taisent.

– D'autres remarques ?

Kong marmonne et Loly se demande s'il est en train de manger ; elle commence à avoir faim. Madeleine et Gisèle se rassoient d'un même mouvement. Plusieurs personnes lèvent la main et confirment dans le microphone avoir trouvé le spectacle scolaire pas assez original.

« Vous êtes de tels moutons. » Le rire de Kong fait craquer les haut-parleurs. « À l'époque, vous auriez tous dénoncé vos voisins, pas vrai ? »

La tension est si palpable qu'on pourrait découper l'air en morceaux. Ce n'est que le début.

« Où est Jim ? »

Karl pointe la caméra sur lui.

« *Au Milieu* ! »

À contrecœur, il avance sur la scène.

– Tu te prends pour qui ?

Jim ne répond pas, le regard blessé.

– Tu te prends pour qui, je te demande ?

De nouveau, la force de sa voix fait craquer les haut-parleurs.

– J'ai dansé ma partition, comme prévu, s'obstine Jim.

Sa chemise est trempée et une grosse goutte coule de sa tempe.

– Qui t'a dit de partir en toupie ?

– Toi.

– Je t'ai dit aussi d'avoir cette attitude arrogante ? Entre-temps, tu es devenu le *Chef de Groupe* ici ?

– Non.

Jim est un garçon de treize ans avec des yeux de biche. Tessa lui a donné le surnom de « Prinz Eisenherz », le prince vaillant au cœur de fer, car il paraît insensible aux atouts féminins.

– Tu te prends pour qui, alors ?

– Pour personne. Mais je suis le meilleur danseur ici. Je danse mieux que toi.

La goutte de sueur tombe de son menton et s'écrase sur le sol.

Un silence lourd s'installe. Loly ne supporte plus de regarder le visage crispé de Jim, elle fixe la petite flaque liquide sur le parquet.

– Qui t'a permis de me parler comme ça ? Attends que je descende pour te donner des coups de pied au cul. Tu seras moins fier… Sache que tu n'as aucun talent, tu es un raté comme ton père. Vous croyez qu'une petite danse sauvage suffit pour faire tourner la tête aux femmes. N'importe qui sait bouger les pieds, mais il faut du talent pour que ça devienne de l'art. Tu es rapide comme un singe, ça s'arrête là. Un primate pourrait t'imiter sans difficulté.

Impassible, Jim attend la fin de la tirade.

– Alors, vas-y, montre-nous ta virtuosité, mais cette fois-ci, sans la musique. On verra bien s'il en sort quelque chose.

Jim secoue la tête, les lèvres serrées.

– Danse, *Neger* !

Un peu surprise, Loly parcourt la salle du regard. D'habitude, c'est son père Anthony qu'on désigne ainsi, à cause de la couleur foncée de sa peau. Lui aussi a la réputation d'être un excellent danseur. Mais Kong semble toujours s'adresser au garçon. Sa voix est sans pitié et Loly a l'impression qu'il pourrait se matérialiser à tout moment dans la salle. À contrecœur, Jim reprend sa chorégraphie.

« Arrête-toi, tout de suite. C'est nul à chier ! Sans la musique, c'est moins facile de nous convaincre, n'est-ce pas ? Vas-y, prouve-le, ton talent d'exception ! »

Jim danse, désespéré.

« Stop ! » Kong n'a plus de retenue. « Il n'y a rien, rien… Voilà ! » Il s'adresse à son public. « Être médiocre, c'est pire qu'être nul, car on fait croire aux gens qu'ils voient quelque chose, mais en réalité, il n'y a rien à part un peu de technique. Le propre d'un *Grand Artiste* est de créer à partir de rien. Il compose avec le néant. Tu n'as simplement pas le culot qu'il faut pour ça. »

Loly sent une boule chargée de pleurs monter dans sa gorge. L'audience suit la scène en silence. Bal est assis de l'autre côté du demi-cercle. Sa tête est ornée d'une parure de plumes et il porte un pagne en fausses feuilles de bananier ; son groupe a présenté une « danse primitive ». Elle sera intégrée dans le film qu'ils tourneront à *Ileso* ; Kong a écrit le scénario, intitulé « La conquête artistique de Christophe Colomb ». Bal feint de suivre les événements sur le plateau. Ses lèvres affichent un semblant de sourire, mais ses sourcils sont soulevés et ses yeux sont froids et méchants.

« Il le déteste. » Loly goûte la phrase dans sa bouche. C'est une révélation et en même temps, c'est comme si elle l'avait toujours su. Bal déteste Kong. Son cœur se met à galoper. Est-ce possible ? Comment oserait-il ? La réponse arrive sans préavis : « Parce que c'est un menteur. » Les deux affirmations se croisent dans sa tête, s'entrelaçant et lui donnant le vertige.

Depuis toujours, il y a cette énigme que Loly n'a pas pu résoudre : la doctrine suprême de leur existence veut que Kong ait toujours raison. Mais comment peut-il avoir raison alors qu'il se contredit sans arrêt lui-même ? Ses affirmations ne sont plus valides le lendemain et dans une même journée, Kong peut décréter une chose et son contraire. C'est un paradoxe avec lequel Loly vit, une équation impossible. C'est lui-même qui a conçu ce spectacle, il a suivi le montage du début à la fin. Pas plus tard qu'il y a une heure, Madeleine et Gisèle se sont rendues à son chevet pour revenir avec une série de changements à intégrer à la dernière minute. Comment ce spectacle pourrait-il être bancal alors qu'il l'a lui-même imaginé ? S'il a toujours raison, est-ce la vérité même qui change ? Le paradoxe se dilue dans une phrase à deux syllabes : « Kong ment. » C'est un menteur ! La révélation lui ôte le sol sous ses pieds, elle se retrouve en chute libre dans l'univers.

Tout a changé. La scène semble comporter toutes les humiliations que les enfants subissent jour après jour, et pour la première fois, elle prend un sens. Loly a la sensation d'être dans une pièce de théâtre où tout le monde joue son rôle avec conviction. Mais elle n'est pas si sûre, après tout, que les autres croient tous en leurs rôles… Font-ils semblant, aussi ? Elle contemple les visages des enfants, un à un. Ils ont des mines sérieuses et attentives, mais dans leurs yeux, elle découvre des traces du même sentiment ; un mélange de colère et d'indignation. Belle, recroquevillée au fond du grand fauteuil en se rongeant les ongles, regarde la scène avec des yeux luisants de haine. Le déteste-t-elle, aussi ? Le détestent-ils, toutes et tous ? Loly essaie d'attirer le regard de Bal, mais il a baissé la tête et gratte la corne de ses pieds.

Et Kong ? Sait-il qu'ils le méprisent pour ses mensonges ? Est-ce la raison pour laquelle il les punit constamment ? Il faut que la peur l'emporte sur le mépris, elle doit être si terrible qu'elle ne laisse la place à rien d'autre. Une guerre secrète a lieu entre eux et même si les enfants ont perdu toutes les batailles, elle n'est pas terminée. C'est pour cela, aussi, que les enfants sont soudés, au-delà de toutes leurs querelles : ils sont unis par une haine contre Kong qui ne s'exprime pas. Et c'est la raison de toutes leurs souffrances.

Comment n'a-t-elle pas su saisir plus tôt la simple vérité qu'elle vient de découvrir dans les pupilles de Bal ? Comment a-t-elle pu croire que Kong était son vrai père ? Pourquoi, tout d'un coup, le saurait-il ? Manifestement, il s'agissait d'une manipulation pour lui faire oublier le départ d'Ariane. Il lui a fallu tant d'années pour comprendre que l'homme qu'elle admirait le plus au monde, la seule personne qu'elle se croyait autorisée à aimer, était un menteur.

Loly scrute les mines d'apparence dociles des adultes. Le savent-ils ? Leurs visages sont couverts d'une couche épaisse d'adoration et d'obéissance. Pourtant, ils doivent l'avoir compris. Et s'ils sont au courant, pourquoi ne réagissent-ils pas ? Ce n'est pas la faute des enfants s'ils n'ont pas encore appris à bien mentir. Pourquoi les adultes ne disent-ils rien ? De quoi ont-ils si peur ? Loly sent la colère monter. Tout le monde est au courant : les mensonges, la guerre secrète des enfants, les châtiments... Ils font semblant de ne rien comprendre ! Ils mentent, eux aussi, ils sont de mèche avec lui !

Kong a fini d'assassiner publiquement Jim. Il essaie de détendre l'atmosphère : « C'est Jupiter descendu tout droit des cieux pour venir gronder les mortels... Pas mal, la nouvelle technologie, hein ? »

L'audience n'ose pas rire, incertaine de la tournure rhétorique que son discours va prendre.

« Il faut s'y habituer, je suis Dieu ! Votre gourou ! Le Messie ! » Sa voix est pleine d'ironie douce. « Mais en vérité, je suis un Dieu de l'amour. Je suis Cupidon déguisé en Dieu punisseur. C'est par amour que je suis sévère car je dois vous sauver de vous-mêmes. Sans moi, vous vous seriez tous suicidés depuis longtemps... Heureusement, je suis là pour vous protéger de vous. »

Des ricanements timides se font entendre.

« Au fond, je suis le plus grand philanthrope qui soit ! C'est plus fort que moi, je dois sauver tout le monde, même ceux qui ne le méritent pas... Même notre petit Jimmy ! »

Les rires se répandent dans l'audience.

« Par amour ! Car je vous aime... Oui, toi aussi, Jim ! N'aie pas l'air si choqué. Tu ne le mérites pas, mais je suis ton ange gardien. J'ai arraché mes ailes pour que vous n'ayez pas peur de mon apparence… Et alors, comment croyez-vous que je me suis cassé le bras si ce n'est en tombant du ciel ? »

Un grand rire collectif fait évacuer la tension accumulée. Les corps se détendent et soudain, la salle est remplie de gaieté. On commence à ramasser les affaires, c'est bientôt l'heure du goûter. Loly a l'impression d'avoir tout imaginé. Où est passée la haine qu'elle a cru voir dans les yeux des enfants ? C'est comme si rien de tout cela n'avait existé. Même Jim ne peut pas s'empêcher de ricaner. Un instant, elle a peur de vomir sur le plateau.

Ensuite, Kong fait s'avancer devant la caméra le groupe des filles qui ont présenté une danse de flamenco. Il les complimente sur leurs costumes.

« Tournez-vous que je vous regarde. »

Elles portent des jupes espagnoles et des hauts qui laissent voir les épaules et une partie des ventres. Leurs cheveux courts sont ornés de couronnes fleuries. Olivia porte une longue robe rouge et une fausse orchidée est attachée à ses cheveux. Karl fait glisser la caméra sur leurs corps, de la tête aux pieds. Les filles se tournent et font des petits sauts et des pirouettes.

« Vous êtes un régal pour les yeux. À croquer. Je pourrais vous manger toutes crues, comme le grand méchant loup que je suis. »

Il rit à pleins poumons et le rire est reproduit en écho dans la salle.

« Les hommes, regardez-moi toute cette splendeur ! Ça vous donne envie ? Patience ! Vous vous en léchez déjà les babines, je parie ! »

Quelques hommes crient leur approbation. Haro envoie des baisers en direction des filles, Olivia fait semblant de les attraper et de les ranger dans le décolleté de son buste plat.

« Où sont les cavaliers ? On va terminer le spectacle par le bal des débutantes ! »

Six hommes viennent sur la scène, s'inclinant en révérences galantes. Les hommes et les filles se mettent à tournoyer ensemble tandis que le public bat la mesure. La voix de Kong fredonne un air de valse.

Loly se retrouve près des grandes vitres. Les rayons du soleil pénètrent en diagonale dans la salle et font tournoyer des poussières. Malgré les portes ouvertes, l'air est suffocant, chargé d'odeurs de pieds et de transpiration. Elle s'aperçoit qu'un oiseau chante tout près de la fenêtre. Un chant discret, insistant qui traverse la vitre. Il doit être caché dans le feuillage qui entoure les arcades. Sur la scène continue la valse improvisée, mais Loly a arrêté de suivre. Elle tend l'oreille afin de distinguer la voix de l'oiseau à travers le brouhaha. Puis, elle glisse discrètement en arrière. Personne ne la remarque. Arrivée près de la sortie, elle se lève et sort de la salle, silencieuse comme un chat.

Dehors, c'est une belle journée. Une petite brise apporte de la fraîcheur. Les punaises n'ont rien envahi cette année, ça sent l'herbe fraîchement coupée. Loly s'approche des arcades, scrutant le feuillage à la recherche de l'oiseau dont le chant se déploie juste au-dessus de sa tête.

Une envie soudaine la prend d'aller courir dans les champs. Sans savoir pourquoi, elle se dit que c'est peut-être la dernière fois qu'elle pourra explorer les paysages de sa terre natale et découvrir ce qui se cache derrière l'horizon. Elle ignore qu'Ariane viendra la chercher dans quelques mois pour l'emmener avec elle en Allemagne, l'éloignant de tous ceux qu'elle avait connus. Ils seront de retour des Canaries, quand sa mère surgira à l'aéroport de Vienne, accompagnée de deux policiers… Aujourd'hui, tout ce que Loly, l'enfant, sait est que l'horizon se trouve à portée de main et qu'il doit y avoir quelque chose, de l'autre côté. Elle se demande comment franchir le mur, mais curieusement, cela ne lui semble qu'un obstacle mineur.

Un rire hilarant la fait revenir vers la salle. Elle se rapproche de la face vitrée et, à moitié cachée derrière le mur, guette à l'intérieur. Tous les enfants et adultes regardent en direction de la scène, mais elle ne peut pas voir ce qui se passe, *Au Milieu*. Seul un visage est tourné vers elle. Bal s'est approché de la vitre et l'observe, incrédule. Elle ne peut pas s'empêcher de lui sourire. D'un signe de la main, elle lui propose de la rejoindre et son visage rayonne à l'idée de l'aventure qui les attend de l'autre côté du mur. Bal secoue la tête, réticent, mais son corps tend vers elle. Il se met à patiner en direction de la sortie, très lentement, comme s'il avançait sur des rails. Loly s'éloigne de la vitre embuée ; elle décide de l'attendre sous les arcades. L'oiseau invisible ne cesse de chanter.

Ailleurs

Ils ont dix-sept ans lorsqu'ils se retrouvent pour la première fois.

La jeune fille se fait alors appeler Lola. Ses cheveux, longs et ondulés, sont colorés en « cerise noire », elle porte un jean et un pullover sombres et le vert de ses yeux disparaît sous une épaisse couche de khôl. Entre ses seins pend une étoile Mercedes qu'elle a arrachée à la voiture de son prof de chimie.

Bal apparaît chez elle à l'improviste, sans expliquer comment il s'est procuré son adresse, prétextant être de passage dans sa ville pour une « affaire » ; il lui demande de l'héberger pour une nuit. Lola a déménagé de chez sa mère et occupe une chambre dans un foyer pour adolescents. À chaque étage de l'immeuble, trois jeunes se partagent un appartement, ou plutôt coexistent-ils derrière des portes fermées à clé. Au rez-de-chaussée habitent Herta et Richard, un couple d'éducateurs, approchant la trentaine. Ils ont les doubles des clés et une fois par semaine, ils convoquent les résidents autour de leur table de cuisine pour grignoter des sticks au sel et discuter des « problématiques de la cohabitation ». Lola espère de tout cœur qu'ils ne se reproduiront jamais.

Elle habite au troisième et dernier étage ; c'est une habitante éphémère, comme les autres. À travers la porte de la chambre voisine résonne de la techno tonitruante ; des sacs-poubelles s'entassent dans un coin du couloir. Non loin, sur le sol, deux rats ébouriffés grattent leur cage qui n'a pas été nettoyée depuis le départ du deuxième colocataire, il les a « oubliés » en déménageant. De temps à autre, Lola les nourrit de bouts de pomme et de pain de mie, ils se débrouillent avec ça. C'est là que ressurgissent, en plein cœur de cette puberté chaotique, Bal et son enfance oubliée, pour entremêler ce qui a été séparé depuis tant d'années.

Il a apporté sa console de jeux et de l'herbe qu'il se vante d'avoir importée clandestinement de sa virée à la frontière hollandaise. Ils passent la soirée à fumer, assis par terre. Bal l'initie à « Mortal Kombat » et Lola se donne des airs blasés.

– C'est quoi, ce jeu à la con, lance-t-elle quand l'avatar de Bal massacre son adversaire à la fin d'un round gagné.

– Et c'est quoi, cette expression : « à la con » ?

Sa voix est pleine d'indulgence.

– Je préfère mes expressions à ton dialecte idiot, plaisante-t-elle à son tour, imitant l'accent autrichien dont elle s'est débarrassée depuis longtemps.

La présence de Bal dans sa chambre la déconcerte. La dépassant en taille, avec sa barbe naissante et ses cheveux en bataille, il lui paraît un étranger. Pourtant, son visage lui est plus familier que tout ce qui l'entoure dans cette pièce.

– Pourquoi tu habites ici ? se renseigne-t-il, roulant le troisième joint de la soirée.

D'habitude, lorsqu'on l'interroge sur les raisons de sa présence au foyer, elle répond sèchement : « Ma mère est une extraterrestre, elle est allée faire une virée à travers la galaxie. En attendant, elle m'a garée ici. Ça te pose un problème ? »

Devant Bal, elle craint de fondre en larmes juste en prononçant le nom d'Ariane. Elle ne sait que hausser les épaules.

– Tu as un copain ?

Il la regarde dans les yeux, un peu trop longuement.

– Je peux savoir en quoi cela te concerne ? riposte-t-elle avec un sourire qui suggère que, bien sûr, elle a un copain et peut-être même plusieurs.

Mais elle est ravie que cela l'intrigue.

– J'ai juste envie de comprendre comment les choses se passent pour toi.

Bal a parlé calmement, elle n'ose pas lui poser la même question. Une moiteur émane de ses vêtements, comme s'il les avait étendus dans une caverne. Il porte une chemise en lin, trop légère pour la saison, et un pantalon en velours côtelé d'une autre époque. Ses camarades au lycée portent tous des Levis 501 à 130 marks la paire ; Lola les achète usagés dans une friperie qui vend des habits au kilo.

Les garçons de sa classe ne l'impressionnent pas, mais dès qu'elle aperçoit un bel homme dans la rue, elle affiche une mine boudeuse en rentrant le ventre et lui lance des regards du coin de l'œil. Parfois, elle embrasse à pleine bouche un inconnu dans une soirée. Plus rarement, elle passe la nuit avec lui. Dans un bar à billards, d'innombrables shots de *Kleiner Feigling* l'ont précipitée vers un coït furtif aux toilettes avec un jeune homme que ses copines avaient baptisé au cours de la soirée « L'allumette ». Le lendemain, elle s'était réveillée avec la migraine. Les souvenirs de la veille étaient plutôt flous : un mur plein de gribouillages près de son visage, une main ferme la tenant par les cheveux, le son d'une voix contenue à son oreille. Les maladies sexuellement transmissibles l'inquiètent peu, même si autour d'elle, on ne cesse d'évoquer les dangers du sida : au cours de biologie, sur les affiches publicitaires, au journal télévisé, partout. À l'inverse, elle a une peur bleue de tomber enceinte. Persuadée que la pilule contraceptive devait avoir perdu de son efficacité à cause des vomissements de la veille, Lola a acheté la pilule du lendemain dans deux pharmacies différentes. Les crampes et les saignements qui ont suivi ne l'ont pas suffisamment rassurée ; seule la visite chez une gynécologue a pu l'apaiser, même si le médecin l'a mise en garde contre le danger des rapports non protégés. Sèchement, Lola a suggéré qu'on lui prescrive une ceinture de chasteté.

Elle raconte cette anecdote à Bal pendant le quatrième joint de la soirée, après qu'il a rangé la console de jeux et s'est installé à ses côtés sur le grand lit. C'est le seul meuble neuf, elle a dépensé la totalité de sa prime d'aménagement pour se le payer.

– Devine ce qu'elle a voulu savoir, conclut-elle à l'épisode chez la gynécologue en empruntant une voix expressément gaie.

Bal est occupé à ronger la corne sur ses bouts des doigts.

– Cela ne m'intéresse pas, admet-il presque poliment.

Lola sent la rage monter en elle.

– Voilà ma vie, c'est toi qui voulais que j'en parle. Ou tu es juste venu chez moi pour avoir un pieu gratuit ? (Elle s'emporte.) Excuse-moi de ne pas pouvoir t'accueillir avec un bain à bulles et des serviettes blanches.

– Ça va…

Il l'observe attentivement de ses yeux de Bal.

– Non, rien ne va, réplique-t-elle, sur les nerfs.

Les deux se taisent pendant un moment.

– En tout cas, ça fait plaisir de te revoir, dit Bal ensuite. Je dois m'habituer à ta nouvelle vie, c'est tout.

– Oui, acquiesce la fille aux cheveux cerise noire. Moi aussi, j'ai dû m'adapter.

Elle glisse un oreiller entre ses genoux.

– Si j'avais su…

La phrase reste en suspens et Lola fait mine de ne pas l'avoir entendu. Bal se racle la gorge.

– Et ça s'est bien passé, après ton « enlèvement » ?

Il sourit, à sa manière, peu convaincu de son élan.

– Plus ou moins, confirme-t-elle d'une voix empâtée.

Le jour où Ariane est venue la chercher à l'aéroport, elle a pleuré pendant le trajet en voiture jusqu'à Munich où elles ont passé la nuit avant de reprendre la route. Elle savait que, cette fois-ci, le départ était définitif. C'était un soulagement de ne plus voir Kong et à la fois une déchirure ; pendant des mois, elle écrivait des lettres à « Papa Kong », l'implorant de venir la récupérer. Plus tard, elle l'a regretté, jusqu'à ce qu'Ariane lui confesse de ne pas les avoir envoyées. Bientôt, la grande ville est devenue sa réalité – il y avait tant de choses à découvrir. Elle ne peut pas raconter à Bal comment c'était d'avoir sa propre chambre remplie de jouets et de livres, deux chats, rien qu'à elle ; d'aller à l'école et de passer les après-midi à jouer au parc avec ses nouveaux amis. Le dimanche, sa mère et elle allaient au zoo pour dessiner les éléphants et les jours de mauvais temps, à la piscine publique. Comment pourrait-elle lui expliquer ces années heureuses de leur petite famille, à Mama et elle ? Quand la *Kommune* s'est effondrée, Armand est venu les rejoindre et elle a eu un autre père, cette fois-ci pour de vrai.

Après le procès qui a mené à l'incarcération de Kong et Gabriella, la plupart des adeptes ont quitté *Fortuna*. Certains habitent toujours au siège, dorénavant ouvert aux visiteurs et investisseurs ; un petit groupe de fidèles s'est installé sur l'île avec leurs enfants pour attendre Kong. Il va bientôt sortir de prison. Lola a suivi ces événements par le biais d'Armand comme des nouvelles provenant d'une famille éloignée ; elle ignore ce qu'il s'est passé pour Bal. Marike avait quitté l'Autriche, elle faisait partie de ces adeptes qui, aux Canaries, préparaient le retour de Kong. Il paraît improbable que Bal ait pu retrouver ses parents en Suisse. Avait-il intégré un lycée public ? De quoi vivait-il ?

En guise de réponse, Bal affiche un air secret : il est en train de monter un « business » lucratif avec un ami, mais ne peut pas en dire davantage.

– C'est Benjamin, mon associé, lui confie-t-il seulement.

Elle prend un instant avant de comprendre de qui il s'agit.

– Benji Pipi ?

– Il est cool, Benjamin, affirme-t-il sans rentrer dans sa moquerie.

– Je vois que tu as embrassé le capitalisme, dit-elle, changeant de sujet, un peu gênée.

Il grimace.

– La meilleure façon de combattre l'ennemi est de s'approprier ses mouvements.

Lola commence à perdre le fil. Bal semble peu affecté par la fumette et elle se demande si son « business » avec Benji ne serait pas la contrebande de marijuana. Dans la chambre d'à côté, la techno s'est interrompue ; sa colocataire doit être couchée. Elle se sent étourdie et ordonne à Bal de descendre la poubelle.

– Il est minuit passé.

Étalé sur le lit, il a visiblement la flemme de se lever.

– Ça pue. Tu préfères petit-déjeuner sur une décharge ?

Elle lui lance les clés de la maison.

– Ne sonne pas, ça fait flipper les rats.

Dès qu'il est sorti, elle court dans la salle de bains et se brosse soigneusement les dents et la langue. Elle enfile un t-shirt large sur lequel figure une énorme bouche en cœur et se met sous la couette, les lumières éteintes. Bal revient un peu plus tard. Sans bruit, il enlève ses chaussures et s'allonge à ses côtés.

Le THC danse dans sa cervelle et, à ses côtés, le corps de Bal est comme illuminé. Elle est agacée par sa façon de se tenir là dans le noir, près d'elle, un inconnu dans ses habits de journée, respirant calmement comme s'il n'y avait rien. Lola se met à remuer énergiquement.

– Je te dérange ?

Sa voix résonne entre les murs nus.

– Je peux dormir sur le sol.

– Laisse tomber, grogne Lola.

À nouveau, le silence remplit l'obscurité.

– Tu as froid ?

Elle lui passe un bout de sa couverture et en profite pour s'approcher, plaçant le nez à quelques centimètres de son épaule. C'est ici qu'elle sombre dans un sommeil peuplé d'images. Au milieu de la nuit, elle se réveille pour aller aux toilettes et se brosse encore une fois les dents. Quand elle retourne au lit, Bal s'est tourné vers elle. Nez contre nez, ils restent allongés. Jusqu'à ce que Lola, comme endormie, mette une main sur son bras. D'abord, il ne réagit pas. Puis, il s'approche à son tour et au bout d'une éternité, ils s'enlacent. Lola engouffre ses narines au plus profond du creux de son cou et continue à chercher son odeur. Il lui paraît, plus que jamais, un étranger.

« Loly. »

Bal prononce son prénom comme lorsqu'ils étaient enfants, avant qu'elle ne parte de la secte et ne devienne une autre. Elle sent des larmes remplir ses yeux. Elle voudrait se lever et le jeter hors de son lit, lui dire qu'elle n'est plus « Loly », qu'il n'y a plus de « Loly » dans ce lit et nulle part ailleurs. Elle voudrait qu'il lui demande pardon, sans savoir pourquoi. Des déclarations d'amour ! Tout pour casser l'insoutenable proximité. Au lieu de cela, elle met une jambe sur lui, soudain impatiente.

« Attends ! »

Son intonation a changé. Lola presse sa bouche contre son cou moite, piquant. Mais son étreinte s'est amollie et son corps a perdu toute tension, comme s'il n'y avait plus de vie en lui.

« On est adultes, tu sais » chuchote-t-elle en serrant son pubis contre le sien. Elle le sent à nouveau réagir et pense que maintenant tout est perdu : elle n'a pas pensé à prendre la pilule avant de se coucher, bientôt, elle mettra peut-être au monde l'enfant de son frère. Cette idée douloureuse l'excite. Maintenant elle veut juste en finir, mais Bal s'écarte d'elle. Doucement, il ôte sa jambe de son corps avant de se détourner. Lola attend, le visage brûlant de honte. Au bout d'un temps, elle entend son souffle apaisé ; il s'est endormi.

Le matin, il n'y a pas de café. Bal lui propose de petit-déjeuner à l'extérieur, mais Lola déclare être incapable de remuer le petit doigt avant d'avoir pris son café.

– Tu n'as qu'à aller en chercher !

Il part en traînant les pieds et revient quelques minutes plus tard avec du café et des petits pains industriels.

– Où sont les filtres à café ?

– Pourquoi ? Tu n'en as pas acheté ?

Elle râle comme s'ils étaient colocataires de longue date.

– Préparons du moka, tempère Bal. C'est comme ça qu'ils le boivent en Turquie.

– Turc toi-même, répond-elle, puis elle rougit de sa propre bêtise.

Il remplit les tasses avec du café moulu et y verse de l'eau chaude. En réalité, Lola a été soulagée quand, au réveil, elle a vu Bal allongé en pantalon et chemise. Mais elle ne supporte pas l'idée qu'il l'ait rejetée. « Une marchandise endommagée », c'est la formulation qui lui passe par la tête. Elle a voulu lui prouver qu'elle était devenue une jeune femme, désirable, expérimentée – oubliant qu'ils avaient partagé leur enfance et savaient tout l'un de l'autre.

Une légère nausée la saisit en avalant le café. En même temps, elle savoure la sensation du chaud amer qui descend dans sa gorge, c'est du courage liquide.

– Tu habites toujours à *Fortuna* ?

Le mot résonne bizarrement, elle ne l'a pas prononcé depuis des années. Il secoue la tête.

– Les rats ont quitté le navire.

Quelque chose dans sa façon de parler l'irrite ; ce sont les paroles d'un autre.

– J'habite à *Ileso*, ajoute-t-il comme si c'était la chose la plus naturelle du monde.

Elle le dévisage, bouche bée.

– Pourquoi ?

– Pourquoi pas ? C'est la belle vie, constate-t-il avec désinvolture.

Encore une fois, elle croit entendre la voix de quelqu'un et même son dialecte, gras et brutal, ne semble pas lui appartenir.

– Tu devrais venir en visite.

Il lui jette un regard, trop furtif pour être banal.

– Et Kong ?

Le nom pèse une tonne sur sa langue.

– Il nous rejoindra quand il pourra.

Bal a prononcé la phrase avec un sourire narquois. Puis il se met à l'interroger sur ses projets pour l'été, s'enlevant la poudre de café restée sur les lèvres. Lola se lève d'un bond, pressée de mettre de la distance entre leurs corps.

– Tu devrais te poser des questions sur toi-même au lieu d'en bombarder les autres.

– Qu'est-ce qui ne va pas ?

Derrière les vitres, le ciel est chargé.

– Je dis juste que tu sembles mal te connaître, explique-t-elle, le visage détourné.

Après une courte pause, elle rajoute :

– Violeur en herbe.

Bal se lève à son tour.

– C'est à propos de cette nuit ? On était défoncés.

– Je ne parle pas de ça.

Soudain il se tient près d'elle. Des taches rouges sont apparues sur ses joues et il a haussé les sourcils, comme lorsque, enfant, il se défendait contre des accusations injustes.

– D'ailleurs, quand une fille te propose ce genre de chose, tu acceptes, ça s'appelle de la politesse.

Elle a entendu cette phrase ou une phrase semblable dans un film américain.

– Tu veux que je sois poli avec toi ?

Il lui renvoie le mot comme s'il l'avait souillé.

– Et tu crois que c'est ça, la politesse ?

Des bulles de salive se sont formées dans les coins de sa bouche.

Lola regarde fixement à travers la fenêtre, comme si ses paroles ne l'atteignaient plus. Dehors, il commence à pleuvoir, d'une pluie fine qui fait disparaître le ciel et taire les oiseaux. Puis elle retourne à la cuisine.

– C'est *vous* qui me l'avez enseignée, crie-t-elle en balançant bruyamment les tasses dans l'évier, au risque de réveiller sa colocataire.

Mais l'appartement reste calme, les seuls témoins de leur dispute sont les rats. Bal attend de l'avoir rejointe avant de prendre la parole.

– De quoi tu parles ?

– La baise, répond-elle, la mort dans l'âme.

Les yeux de Bal brûlent entre ses omoplates, deux lasers qui traversent ses côtes pour découper son cœur en petits morceaux : il est prêt à être jeté dans la cage, en guise de nourriture pour rongeurs.

– « Nous » ? demande-t-il ; sa voix se perd dans l'espace qui les sépare.

Comme dans un rêve, elle se retourne. Le temps s'est arrêté : il ne la regarde pas, mais reste immobile à l'entrée de la cuisine, fixant le sol. C'est Bal qui se tient là, dans l'encadrement de la cuisine crasseuse du foyer. Son éternel Bal. Cette nuit, il les a préservés d'une grande confusion ; la tentative de répéter des choses innommées dans le seul but de les nier. Dans cette suspension du temps, l'image de Bal, figé, les yeux rivés vers le sol plein de miettes, se grave dans sa mémoire. Lola comprend tout. Mais elle a dix-sept ans et les mots n'existent pas.

Remerciements

Je remercie vivement Nathalie Démoulin et Le Rouergue pour leur confiance et leur accompagnement précieux. Un énorme merci à Cécile Wajsbrot pour son temps et son regard, si juste et bienveillant. Mille mercis à mon amie Élodie Rougeot de m'avoir escortée dans cette danse avec la langue française. Je remercie beaucoup l'École doctorale 354 de l'université Aix-Marseille et le laboratoire ÉCHANGES d'avoir soutenu ce projet d'écriture dès le début et le Centre national du livre de son soutien pour le mener à bien.

Merci à toi, Tiago, d'être au monde et de partager avec moi ta magie.
Merci à ma mère, pour tout.
Merci à mon père, pour les choses qui ne se perdent pas.
Merci, A*, pour nos conversations.
Merci à mes sœurs et frères pour le travail de mémoire partagé.

Note de l'éditeur

La chanson rimée des enfants lorsque Loly accompagne sa mère à Vienne parodie une vieille comptine raciste, *Zehn Kleine Negerlein* (Dix Petits Nègres).
L'air que chante la mère d'Ariane, *L'Homme dans la lune,* se réfère à la chanson *Der Mann im Mond* de Gus Backus.

Table des matières

Votre livre est fabriqué en France sur un papier certifié PEFC,
pour une gestion durable de la forêt.

Ouvrage réalisé par Cédric Cailhol Infographiste

Achevé d'imprimer sur Roto-Page
par l'Imprimerie Floch à Mayenne
en avril 2023.

Dépôt légal : août 2023
Numéro d'impression : 102532

ISBN : 978-2-8126-2489-6

Imprimé en France